无奋斗 不青春

U0459281

不念过往 不畏将来

启 文 编著

花山文艺出版社

河北·石家庄

图书在版编目（CIP）数据

不念过往　不畏将来 / 启文编著 . -- 石家庄：花
山文艺出版社，2020.5
（无奋斗　不青春 / 张采鑫，陈启文主编）
ISBN 978-7-5511-5142-9

Ⅰ . ①不… Ⅱ . ①启… Ⅲ . ①散文集－中国－当代
Ⅳ . ① I267

中国版本图书馆 CIP 数据核字（2020）第 066360 号

书　　名：**无奋斗　不青春**
　　　　　WU FENDOU　BU QINGCHUN
主　　编：张采鑫　陈启文
分 册 名：不念过往　不畏将来
　　　　　BU NIAN GUOWANG　BU WEI JIANGLAI
编　　著：启　文

责任编辑：董　舸
责任校对：郝卫国
封面设计：青蓝工作室
美术编辑：胡彤亮
出版发行：花山文艺出版社（邮政编码：050061）
　　　　　（河北省石家庄市友谊北大街 330 号）
销售热线：0311-88643221/29/31/32/26
传　　真：0311-88643225
印　　刷：北京朝阳新艺印刷有限公司
经　　销：新华书店
开　　本：850 毫米 ×1168 毫米　1/32
印　　张：30
字　　数：660 千字
版　　次：2020 年 5 月第 1 版
　　　　　2020 年 5 月第 1 次印刷
书　　号：ISBN 978-7-5511-5142-9
定　　价：178.80 元（全 6 册）

（版权所有　翻印必究·印装有误　负责调换）

前　言

2018 年，网络上出现了一个热词——巨婴。

什么是巨婴呢？百科上是这样解释的：巨婴，本是指体形巨大的婴儿。近年来，人们用"巨婴"指心理滞留在婴儿阶段的成年人。这类人以自我为中心，缺乏规则意识，没有道德约束，一旦出现超乎自己预期的情况，就会情绪失控，产生过激的非理性行为，使用婴儿般的方式来抗议，试图通过哭闹、喊叫、肢体冲突等极端方法来使他人甚至周围环境屈服或退让，达到自己的目的，给社会带来灾难性后果。2018 年"高铁霸座""重庆万州公交车坠江"等事件，让"巨婴"的热度进一步升高。

巨婴其实就是已经成人，但内心却婴儿化的一类群体。

除了百科上的解释之外，人们还引申出了它的其他含义，比如说，巨婴一般是指那些总幻想依赖别人的成年人。

这种巨婴心态会毁掉一个人的独立和自立，最终让人一事无成。

我们都知道，孩子可以得到父母的庇护，但成年后，如果还需要父母的庇护，就很容易变成"啃老一族"。

很多人不光只是幻想一辈子依靠父母，他们还会想着去依靠身边任何一个有可能成为他们"靠山"的人。但我们也明白，这个世界哪有什么绝对值得依赖的人。所谓靠山山会倒，如果总幻想着别人来替你坚强，替你的人生负责，那最后人生难免会变成一团糟。

其实，人生最大的靠山是我们自己。

可身边总有一些人不明白这个道理。他们遇到了困难，总是习惯性地去找别人帮忙，甚至是求神拜佛，寻求心理上的安慰。在他们心里，有一个虚无的依靠也好过没有依靠。所以，每逢新年，我们总能发现，寺庙前总是络绎不绝，有求升官发财的，有求美好姻缘的，也有求生儿育女的。

著名学者周国平说："佛在现实生活中的意义，就是让人们抑制自己的欲望，让愿望与现实、与自己的能力所及尽量相近，这样你才不会有那么多的烦恼，与其求佛不如求己……"

是的，求人不如求己。如果自己足够勇敢，根本不需要任何人来替你坚强。

本书就是这样一本让那些幻想依靠他人的"巨婴"振聋发聩的警世钟，通过这本书想告诉大家，这个世界上从来没有一个可以完全依靠的人，而你人生中的最大救星其实就是自己。

但愿读完这本书后你能明白，只要足够勇敢，完全不需要任何人来替你的人生买单，你可以为自己而坚强地活着！

目　录

第一章

没有谁可以让你依靠一辈子，人生只能靠自己

《国际歌》中有这样一句歌词："从来就没有什么救世主，也不靠神仙皇帝，要创造人类的幸福，全靠我们自己。"没有人是可以让你依靠一辈子的，越早明白这点，越早能戒断各种心理依赖症，早日做自己人生的主人。

人的命运只在自己手上

有人说，有好父母就会有好前程；也有人说，嫁个好人家就会幸福；还有人说，有个当官的亲戚人生就会很成功……很显然，这些人是将自己的人生寄托在了别人身上。其实，人生的一切不能靠别人，只能靠自己。俗话说："靠天靠地不如靠自己。"自己的道路自己走，只有自己奋斗，才能为自己创造美满的人生。

有一个人生来就很不幸：他的父亲嗜赌如命，输了钱就拿他出气发泄；他的母亲嗜酒成癖，喝醉了就对他拳打脚踢。他常常鼻青脸肿，皮开肉绽，13岁便流浪街头。

一直到20岁的时候，他才幡然醒悟："如果这样下去，我只能成为社会的垃圾，那岂不是和父母一样了吗？我不能这样做，我一定要走一条成功之路！"

但是走哪条路呢？从政？他又没有后台；进大企业去工作？他又没有文凭；经商？又没有本钱……他什么都没有，他不知道自己该干什么。

在看了一场电影后，他便决心去当演员，因为演员不需要后台，也不需要学历，更不需要本钱，只要依靠自己的努力就可以了。

但是，他不具备当演员的条件。他不仅有口吃的毛病，长相也很难看；他没有表演经验，也没有接受过任何专业的表演训练，更没有所谓的表演天赋。

但是他认为，这就是他人生的唯一机会，绝不能放弃，一定要成功！于是，他来到好莱坞，找导演，找制片人……找一切可能让他成为演员的人。

"给我一次机会吧，我要当演员，我一定会表现得很好！"见到电影界的人，他总会这样说。

"看你这个样子，怎么可能做得了电影演员呢？"

"算了吧，我们才不会招像你这样的人哩。"

"走远一点，这里不是你做梦的地方！"

"你死了这条心吧。"

"你不要再来了，我们公司不欢迎你。"

遗憾的是，迎接他的总是讽刺、挖苦、嘲笑……但他还是告诉自己："我一定要成为好莱坞的明星！"

就这样，在两年时间内，他遭到了1000多次拒绝。他有时候也不禁暗自垂泪：难道就没有希望了吗？难道赌徒、酒鬼的儿子就不能拥有幸福的人生吗？不行，我一定要成功！他想，既然不能直接成为演员，何不先写剧本，待剧本被导演看中后，再来要求当演员。

就这样，他一边打工维持生计，一边深入生活编写剧本。剧本写完了，他又拿着剧本找导演："用这个剧本，让我当男主角吧！"

有人看了看剧本，又立即还给他；有人觉得剧本还行，但不可能让他当男主角；还有人看都不看，就把他轰出门去……总之，没人答应他，但他没有停止行动。苦心人，天不负。在他遭到

1855 次拒绝之后，一个曾拒绝过他多次的导演对他说："我不知道你能否演好，但被你的坚韧所感动，我给你一次当主演的机会。"

此后，这个人成了好莱坞的大明星，他就是世界影迷心中的英雄——史泰龙。

在实现人生理想的路上，有很多人常常碰壁两三次就会放弃了，通过史泰龙的事迹，就可见他们为什么不能成功。如果他们能像史泰龙一样正确地对待自己，毫不懈怠地相信自己，那么就离成功不远了。很多人觉得人生总会有很多苦难，让人痛苦不堪。殊不知，当你将这些苦难踩在自己脚下的时候，你的人生就会与众不同。

经济大危机时，汤姆和妻子先后都失业了。但是为了生活，他们夫妻俩每天仍努力地找工作，可晚上回到家时，只能望着彼此摇头，不停地叹气。

汤姆的父亲曾经是个拳击冠军，但如今他年老力衰，卧病在床了。

有一天，父亲的精神很好，他将满脸愁容的汤姆叫到床前，对他说了自己在某次赛事中的经历。

在一次拳击冠军对抗赛中，他遇到了一个比自己高大的对手。因为他是个矮个子，一直无法进行有效的反击，反而差点被对方击倒，连牙齿也被打掉了一颗。

休息时，教练鼓励他说："忍住，你一定能打到第 12 局！"

听了教练的鼓励，他也说："我不会怕，我应付得了！"

于是，在场上，虽然他一直没有有效的反攻机会，但他也没有被对手彻底打倒。他跌倒了又爬起来，爬起来后又被打倒，一直坚持到了第 12 局。

就在第12局最后十几秒钟，可能是力气消耗得太多，对方的手开始发颤了，他抓住这最好的反攻时机，倾尽全力给了对手一个反击，对手应声倒下，他因此获得了拳击生涯中的第一个冠军。

说话间，病痛的父亲额上全是汗珠，他紧握着儿子的手，吃力地笑着："没关系，我应付得了。"

汤姆含着泪说："放心，我们也一定能应付过去。"

从此以后，汤姆不再愁容满面，白天，他出去找工作，晚上就和家人开心地聚在一起。因为努力地找工作，不久，汤姆夫妇都找到了满意的工作。很快，一家人又回到了宁静、幸福的生活中。

后来，每当家人遇到困难的时候，汤姆总会想到父亲说的那段话，他会告诉家里的每一个人，甚至是他遇到的每一个生活艰苦的人，那便是在困境中要告诉自己："我一定应付得过去。"

人生在世，好的命运要依靠自己去创造。尤其在巨浪滔天的困境中，我们应随时保持改造命运的力量，不断地告诉自己："我一定能应付过去。"这样，你才能收获满意的人生。当我们有了靠自己改造命运的坚定信念，困难便会在不知不觉中慢慢远离，生活自然会回到风和日丽的宁静当中。学会依靠自己，你就会走出人生的低谷，摆在面前的，将是一片湛蓝的天！

你是自己的上帝

国外电影里常出现这样的画面：当灾难降临时，主人公首先抓住胸前的十字挂像，然后一边在胸前画十字，一边不停地祷告："主啊，救救我吧！"每当这个时候，观众都幻想着也许救世主真的会从天而降把他救走，可是每次结局只有一种，那就是：主人公与十字挂像一同倒在血泊中，到死救世主都没有来。相信上帝的存在是一种信仰，但太过相信就会陷进被动的泥淖，当灾难降临时不采取行动而一味等待上帝的救助，任凭命运摆布，其结果只能任事态恶化并走向绝路。当他在呼喊上帝的时候，上帝没有听见，任凭他在死亡线上挣扎，如果他当时奋力挣脱魔爪或者采取相应的措施，也许可以摆脱险境。

然而我们身边的很多人，有时甚至包括我们自己，都把这一生的命运交给了上帝。

上帝是不存在的，上帝只不过是人们给自己苦难心灵的一个慰藉，它空洞虚无，当大难来临时它毫无用处。所以，只有自己是自己的救世主，依靠任何外人外物都是毫无意义可言的。

世上没有什么救世主，如果说有的话，那也只有你自己。

有一个事业非常成功的经理，他把全部财产投资在一种小型制造业上，由于世界大战爆发，他无法取得他的工厂所需要的原料，因此只好宣告破产。后来，他成为一名流浪汉。人生的灾难使他丧失了生存的勇气，有好几次，他都想结束自己的生命。

后来，他看到了一本名为《自信心》的小书。这本书给他带来了一丝活下去的希望，他决定找到这本书的作者奥里森·马登。

当他找到马登，说完他的故事后，马登却对他说："我已经以极大的兴趣听完了你的故事，我希望能对你有所帮助，但事实上，我却绝无能力帮助你。"

他的脸立刻变得苍白。他低下头，喃喃地说道："这下子完蛋了。"

马登停了几秒钟，然后说道："虽然我没有办法帮助你，但我可以介绍你去见一个人，他可以协助你东山再起。"

刚说完这几句话，流浪汉立刻跳了起来，抓住马登的手，说道："看在上苍的分上，请带我去见这个人。"

于是马登把他带到一面高大的镜子面前，用手指着镜子说："我要向你介绍的就是这个人。在这个世界上，只有这个人能够使你东山再起。除非坐下来，彻底认识这个人，否则，你只能跳到密歇根湖里。因为在你对这个人做充分的认识之前，对于你自己或这个世界来说，你都将是个没有任何价值的废物。"

他朝着镜子向前走了几步，看到镜中的自己是如此憔悴，如此狼狈，他用手摸摸长满胡须的脸孔，不敢相信这就是从前那个意气风发的自己，他禁不住低下头，开始哭起来。

几天后，马登在街上碰见了这个人，几乎认不出他来了。他的步伐轻快有力，头抬得高高的，从头到脚打扮一新，看起来很成功的样子。

"那一天我离开你的办公室时，还只是个流浪汉。是你让我在镜子中找到了失落的自己。现在我找到了一份年薪 3000 美元的工作。我的老板先预支了一部分钱给我的家人。我现在又走上成功之路了。"

生活中，有不少人面对激烈的竞争，常显现出措手不及的惊恐状，面对生活中的种种挫折和困难始终觉得自己是一个弱者，随时都有可能被迫退出人生舞台。但是，看看我们身边的人和事，我们就会发现，有很多成功的人都是通过自己的刻苦和努力改变了自己，从自己的身上找到了自己的特长，最终走向了成功。

有一个人在大海上航行，突然遇上了强烈的风暴，船沉没了，全船人死伤无数。这个人侥幸地获得了一艘小小的救生艇而幸免于难，然而他的救生艇在风浪中颠簸起伏，如同叶子一般被吹来吹去，他迷失了方向，救援的人也没有找到他。

天渐渐黑下来，饥饿、寒冷和恐惧一起袭上心头。然而，他除了这艘救生艇之外，一无所有，灾难使他丢掉了所有，甚至自己的眼镜。他的心灰暗到了极点，无助地望着天边，此时，他是多么渴望上帝这个救世主能来到身边，把他从黑暗中救出去啊，但是时间过了很久，周围依然毫无动静。正在他绝望的时候，忽然看到一片片阑珊的灯光，他高兴得几乎叫了出来。这个灯光使他想到了家里的灯光、妻子还有可爱的孩子，想到了年迈的父母，想到他们曾经对他说过的一句话："你是你自己的救世主。"——这句年轻时激励他从困境中走出来的话。他想这次他也可以拯救自己。于是他奋力地划着小艇，向那片灯光前进。

三天过去了，饥饿、干渴、疲惫更加严重地折磨着他，好多次他都觉得自己快要崩溃了，但一想到亲人，想到那句话，他又陡然增添了许多力量。第四天的晚上，他终于划到了岸边，此时，他已经不吃不喝地在海上漂泊了四天四夜，当人们惊奇地问他是否有人帮助他脱离困境时，他很骄傲地说："没有任何人，是我自己。"

是的，你是自己的救世主，除此之外，没有其他人。如果在遭遇危险或不幸时，把命运交与上天处理，一切相信命里注定，不再采取任何自救的行动，那么结局往往只有一种：失败。相反，如果不相信命运，而相信自己本身的力量，也许结局便是另外一种模样。

你只能靠自己去成长

一个人有多大的能力，他就有多大的成功。但是，人的能力不是天生就有的，必须不停地改造自己、提升自己，只有这样，才可能获得成功，从而活出与众不同的人生。

吴士宏出生于北京，父母都是知识分子，由于父母所谓的"政治问题"，1973年初中毕业的吴士宏不能继续上学。之后，她被分配到一个街道小医院当护士。十年过去了，改革不仅在改变着中国，也在改变着吴士宏的眼界。吴士宏觉得，自己不应该永远就是一个街道的护士，应该活出自己应有的价值。于是，她决定自学英语。她依靠一台小收音机，用了一年半的时间修完许国璋的三年英语教程，并通过成人高考取得英语专科学历。

吴士宏拿到了英文专业的大专文凭后，她获得了一个去 IBM 工作的机会。在进入 IBM 之前，有一个面试，吴士宏表现出了初生牛犊不怕虎的气势。经理问她："你知道 IBM 是家怎样的公司吗？"吴士宏马上回答："很抱歉，我不清楚。"她说的是实话。"那你怎么知道你有资格来 IBM 工作？""你不用我，又怎能知道我没有资格？"吴士宏脱口而出，这句话充分显示了她的自信和勇气。接下来，她用流利的英语说，她以前的同事和领导都相信她有能力做更多的事，如果能给她机会，她会以实际成绩来证实她的能力和资格。就这样，她被录用了。

刚进入 IBM 时，她只是一个基层办事员，做的是烦琐的行政勤务，在职务上称作"行政专员"，但工作的实质与打杂没什么两样，几乎什么都干。但是，这段"打杂"的工作经历对吴士宏影响也非常大，她觉得，自己身处一群无比优越的真正白领阶层中，觉得自己真的没有能力，没有价值。或许正是自己的现状就是这样，她也很少获得同事的尊重。一次，有位资格很老的香港女职员向她劈脸喊道："如果你要喝我的咖啡，麻烦你每次把盖子盖好！"她把吴士宏当成经常偷喝她咖啡的蟊贼了。这是人格的污辱，吴士宏顿时浑身战栗。所幸每个人都有不断变化的机会，所处的环境中也会有新的刺激不断出现使人往上或往下走。在吴士宏身上，这种来自外界的不断刺激，当时就像有鞭子抽打着她，驱使她往上走。事后她发誓说："有朝一日，我要有能力去管理公司里的任何人，无论是外国人还是香港人。"

吴士宏要改变现状，把自己从最低处带领出来。有了应聘时要求打字的前车之鉴，她决定把事情做在前面。于是，她每天比别人多花 6 个小时用于工作和学习，为了通过计算机语言考试，她用两个星期的全部夜晚啃完一尺半厚的教材；为了锻炼口才以适应推销业务，她把自己关在家里对着墙壁反复练习绕口令；为了练习专业术语快读，导致她咽喉充血不能吞食。于是，在同一批聘用者中，因为她掌握了更多的技能，第一个做了业务代表。吴士宏的努力没有白费，她在 IBM 公司工作了 12 年，以勤奋好学工作拼命著称，终于从一名勤杂人员成长为高层管理员。在管理层，她的能力很快得到了领导的肯定，在这个时候，她幸运地被 IBM 高层发现了，1998 年 2 月吴士宏改任微软中国公司总经理，执掌世界上最富有公司的金印，1999年10月以后又任TCL集团信息产业公司总裁。

陀思妥耶夫斯基说过："倘若你想征服世界，你就得征服你自己。"这就要求我们要向自身的弱点开炮。对完美的追求，不仅仅是生命意义之所在，也是我们事业成功的前提。每个人身上的缺点，若不及时加以克服，很可能就会使我们辛辛苦苦取得的成绩付之一炬。因此，我们要学会克服缺点，这个过程，也就是对自我进行改造的过程。当你一步步趋于完美时，也会得到越来越多人的尊重。

有一个年轻人从事保险推销工作。但不幸的是，三个月下来，他居然没有做成一笔生意。身上的钱基本用光了，他不得不强打精神出门，希望今天能有好运。

不远处，是一座寺庙，一位禅师正在那里。年轻人向禅师走去，向他滔滔不绝地推销起了保险。禅师并没有打断他，一直耐心地听他把话说完。之后，平静地告诉他："你的介绍引不起我的丝毫兴趣。"年轻人一听，神色立即黯淡下来。"人与人对坐之时，相互之间一定要有一种很强的吸引力，如果做不到这一点，也就没有什么魅力可言了。想要成功，先要改造自己吧！"禅师的话给了年轻人很大的震动，他开始反思自己：的确，自己正是因为缺少那么一种吸引力，所以才会频频遭到对方的拒绝。

他决心改造自己，把自己打造成一个拥有人格魅力的人。他请来自己的朋友、家人，请他们指出自己身上的缺点。有时遇到自己的客户，他也会向人家虚心请教自己的不足。别人每提出他的一个缺点，他就认真地记下，然后想办法改正。他发现自己正在经受一次次的蜕变。尽管这个过程是痛苦的，因为一些缺点是经年累月积累下来的，难以改正，但是他却坚持了下来。而随着那些缺点的消除，他周围的朋友越来越多，他自己也感觉到了这种改变。他把身上的一个个缺点改了过来，而随着劣根性的消除，他也得到了一步步的成长。结果，他的业绩直线上升，成为一个著名的保险推销员。

人生很复杂，每个人都在扮演着不同的角色。为了使自己可以更好地适应角色的转换，我们一定要学会充实自己。最好的办法就是学习。学习可以充实我们的头脑，可以陶冶我们的情操，还可以使我们变成更有竞争力的人。

跌倒了就靠自己爬起来

鲁迅先生说:"伟大的胸怀应该表现出这样的气概——用笑脸迎接悲惨厄运,用百倍的勇气来应付一切的不幸。"

1994年11月23日晚,人民大会堂里近万人沉醉在著名小提琴演奏家伊扎克·帕尔曼的精彩琴声中。伊扎克双腿因患小儿麻痹症而不能站立,演出结束后却出人意料地拒绝别人的搀扶,坚持自己拄着双拐站起来接受鲜花,并向观众致意。第一次,他失败了;第二次,他还是失败了;第三次,他依然未能成功。他面对观众笑一笑,笑容里充满了歉意;第四次,他终于站了起来!大厅里响起了暴风雨般的掌声。伊扎克对采访他的中央电视台记者说:"成功来源于自己,世界上没有什么事是不能做的,只要你想做。"

日本青年乙武洋匡,是个失去手脚的残疾人,在轮椅上长大,竟能与普通孩子一同上完幼儿园和小学、中学。他学会了跳绳、游泳和打篮球,登上了高山,拍过电影,并以优异成绩考入赫赫有名的大学。对他来说,残疾只是人生的"记号"。他认为,只要主动参与,就能体现自我的存在价值;只要保持奋斗的勇气,就不会虚度此生。乙武洋匡的父母很爱他,但爱的方式是让他自己锻炼,凡是他能干的事情,尽量让他自己干。在幼儿园,他学会了侧头把铅笔夹在脸和仅有 10 多厘米的残臂之间，一笔一画地写字；他把盘中的刀叉交叉起来，利用杠杆原理，靠残臂平衡用力，自己吃饭……

伊扎克靠自己站起来，乙武洋匡的自我锻炼，使人看到一个人生理上有缺陷并不可怕，只要有积极的人生态度，就能超越自我，积极补偿，表现出强者的姿态，使缺陷成为前进的动力。奥地利心理学家阿德勒在《器官功能不足和它的生理补偿》中说："如果人的生理器官功能不足或者有了缺憾，就会遇到许多困难，必须另找途径来弥补以更好地适应环境。"他指出，有许多对我们文化有重大贡献的杰出人才有生理上的缺憾，他们的健康状况往往很差。然而，这些奋力克服困难的人却做出了许多惊人的贡献。个中道理并不复杂：因为有缺憾，便想法弥补缺憾，就可能把隐藏在内心深处的潜力和智慧充分调动起来，以顽强的意志与命运抗争，以至创造奇迹。

读达尔文、康德、拜伦、培根和亚里士多德等人的传记就会明白，他们的优秀品质和光辉成就，从一定意义上说，都是其缺陷促成的。心理学有所谓"拿破仑情结"或"矮人综合征"，就是指一个像拿破仑那样身材矮小的人，通过自我补偿机制发展成为叱咤风云的杰出人物。

古往今来，无数的成功者都是靠自己"站"起来的，他们都是对"战胜自己"最完美的诠释。如果你还在退缩，请快点明白，战胜自己是如何紧迫；如果你还在犹豫，请看看那胜利者是如何一步步走来；如果你已经在向自己挑战，那你要坚持，成功最终会向你敞开胸怀！

勤奋是你成功的唯一出路

韦尔奇说过："勤奋就是财富，勤劳就是财富。谁能珍惜点滴时间，就像一颗颗种子不断地从大地母亲那儿吸取营养那样，惜分惜秒，点滴积累，谁就能成就大业，铸造辉煌。"

人生的许多财富，都是平凡的人们经过自己的不断努力而创造的。周而复始的日常生活，尽管有种种牵累、困难和应尽的职责、义务，但它仍能使人们获得种种最美好的人生经验。对那些执着地开辟新路的人而言，生活总会给他提供足够的努力机会和不断进步的空间。人类的幸福就在于沿着已有的道路不断开拓进取，永不停息。那些最能持之以恒、忘我工作的人往往是最成功的。

成功的确源于自身的勤奋，本杰明·富兰克林作为美国伟大的科学家、政治家，非常强调实干精神，同时自己也用行动去证明他是一个实干家。

本杰明·富兰克林不管在哪儿工作都是身体力行，总是用实际行动去强调实干精神。他在印刷所打工时，别人下班了，他还在工作间里埋头苦干或学习一些有关印刷的专业知识，一段时间后，他出色地掌握了专业技能，并且凭着实力成为领高薪的工头。成了工头后，他在上班期间总是以最高的效率工作，工余时抓紧时间读书。后来，本杰明·富兰克林用自己挣的钱买了机器设备，筹办自己的印刷所，并且经过不断的努力终于在激烈的竞争中获胜。在本杰明·富兰克林创业初期，他亲自参与印刷所的一切事务——撰稿、编辑、策划广告、排版、印刷、修理设备等工作。当时他所买的那些简陋的印刷机难免会出一些故障，而本杰明·富兰克林就算是通宵达旦地工作也要争取解决故障、按时完成业务。为了他的事业，他没有时间去娱乐场所，没有时间和人闲聊，没有时间钓鱼打猎，偶尔有些时间，也都用于读书。总之，他一直在勤奋地工作。另外，本杰明·富兰克林在科学上的贡献也是举世瞩目的。如果他没有勤奋的实干精神，就无法做出这么多的贡献。如果他没有勤奋的实干精神，也不会揭示了电的本质，提出了"正电"和"负电"的概念，也不会在光学、热学、声学、数学、海洋学、植物学等方面都有很深的造诣，更不会发明避雷针、新式火炉、电轮、三轮钟、双焦距眼镜、自动烤肉机、玻璃乐器、高架取书器、新式路灯等物品。所以勤奋的实干精神是人们走向成功的重要环节，如果没有勤奋的实干精神，那么就算有再好的创意，再聪明都不可能取得成功。

有些人往往会找一些借口说：我没有那么聪明，所以我不会成功的。我就不是读书成材的那块料，所以我是没希望的。其实这都是借口，他们都是懒散惯了的。老话不是说勤能补拙吗？只要有这个决心，再笨的人也有成功的一天，这就是我们说的笨鸟先飞。

古语说得好："只要功夫深，铁杵磨成针。"全身心地投入到工作中去，才能把工作做得出色。

有很多人渴望获得成功，但又不愿意去勤奋努力工作，这些人都希望工作轻轻松松、一帆风顺，可是天下哪有这么便宜的事？当机会向这些人叩门时，他们也是视而不见，充耳不闻，最终在懒懒散散中了此一生。那我们为什么不能换一种心态，让自己勤奋一点呢？

如果你希望一件事快速而圆满地完成，那就不妨勤奋一点、忙碌一点，不要让懒惰吞噬你的心灵。如果你永远保持勤奋的工作态度，你就会得到他人的称许和赞扬，就会赢得老板的器重，同时也会获取一份最可贵的资产——自信，对自己所拥有的才能会赢得老板器重的自信。

我们必须认识到，任何人都要经过不懈的努力才能有所收获，收获的成果完全取决于这个人努力的程度，而没有机缘巧合这样的事存在。我们不能被动地等待机会，我们只有靠自己的努力与苦干去创造机会，创造未来。

我国著名的数学家华罗庚说过："我不否认人有天资的差别，但根本的问题是勤奋。我小时候念书时，家里人说我笨，老师也说我没有数学的才能。这对我来说，不是坏事，反而是好事，我知道自己不行，就更加努力。经常反问自己：'是不是我努力得不够？'不过好在我最终成功了，通过努力我得到了老师、家人的认可。"

在现实社会中，如果大家还没有意识到这一点，那么，他在工作中就会琢磨如何少干点工作多玩一会儿，也正是因为这种心理，他们的结果就是不用过多久，就会再一次踏上寻找工作的路，在人才的竞争中被淘汰。

靠你的双手去打造一切

接近那些成功者时，我们不得不动容。当问到他们成功的秘诀时，他们回答最多的就是"勤奋"。这个回答最简洁，也最直接。

从多方面来看，这些成功者之所以能够成功，能拥有如此巨额的财富，与他们的辛苦实干是分不开的，他们的每一分收获，都凝聚着他们的努力与汗水，毕竟勤奋创造一切。

没有无缘无故的幸运，没有无缘无故的成功，也没有不劳而获的财富。

卓达集团董事长杨卓舒每天都坚持工作十多个小时，早上 8 点多起床，巡查、接待、开会，晚上则集中处理文件，制订计划，一直到凌晨 3 点。有一次，几个媒体记者联合采访他，晚上 11 点开始交谈，采访时间持续了 3 个小时。采访完毕，记者们都已经疲倦得不行了，而杨卓舒居然还准备接待另一个客人。

比尔·盖茨说过一句话："要当一个亿万富翁，必须积极地努力，积极地奋斗。富豪从来不拖延，也不会等到有朝一日再去行动，而是今天就动手去干。他们忙忙碌碌尽其所能干了一天之后，第二天又接着干，不断地努力，直到成功。"其实我们还可以用另一句话来概括，那就是"今天能做的事，不要拖到明天"。

这句话不仅对我们有很大的启示，而且也在很大程度上展现了富豪们对工作的狂热和执着。在富豪们发财致富的过程中，他们一遇到问题就马上动手去解决。他们从不花费时间去发愁，因为发愁不能解决问题，只会不断地增加忧虑。他们会立刻集中力量去行动，兴致勃勃、干劲十足地去寻找解决问题的办法。

西安海星集团总裁荣海每天的日程是以分秒来安排的，他一年四季没有假期，甚至父亲生病住院，也很难抽出时间到医院陪护。

重庆力帆集团董事长尹明善，从41岁开始到现在，64岁的他每天工作十五六个小时。有一天他刚刚在医院打完吊针，就连着接待了三拨记者，而第二拨记者结束采访时已是晚上7点。

勤奋刻苦一直被视为中华民族的传统美德。当勤奋刻苦的箴言因为熟悉而快要失去震撼力的时候，像以上这些富豪的致富故事会再次令我们震动。

对于任何人来说，创业总是艰辛的。现在那些有成就的名人，他们获得今天的财富远比我们想象的要难；因为财富的关系，他们远比我们承担得多。勤奋刻苦已经与这些白手起家的福布斯富豪终生相随。

许多在困境中成长起来的成功人士，在他们的身上向来不缺乏勤奋和勇敢。我们在看那些登上中国富豪榜的财富英雄时，也会常常感慨万千。富豪们艰苦创业、勤奋工作的精神真的令人感动。而我们所撷取的一个个感人的故事只是他们生活中的小插曲而已。当然，从这些小插曲中我们看到了他们中的每个人都有相似的经历——勤奋创造一切。

没有谁的成功是轻易获得的

中华民族自古就是一个勤劳的民族。古代先哲们也因此对勤劳做出了各种精辟的诠释，为我们留下了许多至理名言："一勤天下无难事""勤能补拙""一分耕耘，一分收获"等。这些经典名言告诉了我们这样一个道理：要想取得事业的成功，离不开勤劳。

彼得·弗雷特像很多人一样，抱着淘金的梦想来到了萨文河畔。他首先在河床附近买了一块没人要的土地，一个人默默地开始了工作。为了找到金子，他在这块土地上埋头苦干了几个月，直到土地全变成坑坑洼洼，还是连一丁点金子都没见到。他已经把所有的钱都押在这块土地上，现在连买面包的钱都没有了。万般无奈之下，他决定离开这儿到别处去谋生。

就在他准备离开的前一天晚上，半夜突然下起了倾盆大雨。雨一直下了三天三夜，当第四天彼得走出小木屋时，发现原本坑坑洼洼的土地已经被大水冲刷平整，而且上面还长出了一层绿茸茸的小草。

彼得忽然有所触动，他想："虽然没有找到金子，但这块儿肥沃的土地却可以用来种花，然后把花拿到镇上去卖，一定会有人买回去装扮他们的家园……"

于是，彼得又决定不走了。

不久，经过彼得的辛勤劳作，那块地里长满了美丽娇艳的各色鲜花。他把它们拿到镇上去卖，果然大受欢迎，人们一个劲儿地称赞："瞧，多美的花，我们从没见过这么美丽的花！"

彼得用很低的价格把花卖给了人们，因此买花的人越来越多。

五年后，经过辛勤的劳动，彼得终于实现了自己的梦想——成了一个富翁。

俗话说，幸福需要一双勤劳的手。可遗憾的是，有些人虽然希望自己能过上富裕幸福的生活，可从来不知脚踏实地去为之努力，而是把幸福建立在一些不切实际的想象中。最终，他们不是在等待中虚度人生，就是在愁苦中终老，而他们想过的那种幸福生活，一直都仅仅是折射在眼睛里的海市蜃楼。

有这样一个笑话，讽刺的就是那些想不劳而获的人。

有一个年轻人不断地到寺庙去祈祷，而且他的祷告词每次都是一样的。第一次他到寺庙时，跪在财神前，虔诚地低语："财神爷啊，看在我多年信奉您的分儿上，让我中一个500万的彩票吧！"

几天后，他又垂头丧气地回到寺庙，同样跪着祈祷，重复着他的祷告语。如此周而复始，一直祈求了十年。到了最后一次，他跪着说："我的财神爷，你为何不垂听我的祈求，我这样虔诚，就让我中彩票吧！哪怕只有一次，让我解决所有困难后，我就终生敬奉您……"

就在这时，上空突然发出声音："你一直在祷告，祷告多了有什么用呀，想中500万，你至少也该买一张彩票吧！"

所以说，仅仅依靠祈祷，幸福是不会降临的，需要我们动手去做。哪怕是神灵保佑，也需要付出。所以蒙古人有句格言："勇敢，事情必成；勤劳，幸福必到。"勤劳是一个人最值得赞美和尊敬的品德之一，勤勤恳恳、始终专心地做好自己的工作。勤劳，为我们换来欢乐、换来健康、换来财富，勤劳一生可得一生幸福。

每一次成功的获取都要历尽艰辛。要想有所收获，就必定要有所付出，就像有耕耘才会有收获一样。其实，没有任何一种成功是不需要劳动的，因为辛勤劳动本身就是创造成功的不竭源泉。

不给自己找任何借口

生活中只有两种行为：要么努力挑战困难完美执行，要么避重就轻找借口。前者可以带来成功，而后者只能导致失败。

巴顿将军在他的战争回忆录《我所知道的战争》中曾写到这样一个细节。

"我要提拔人时常常把所有的候选人排到一起，给他们提一个我想要他们解决的问题。我说：'伙计们，我要在仓库后面挖一条战壕，8英尺长，3英尺宽，6英寸深。'我就告诉他们那么多。我有一个有窗户或有大节孔的仓库。候选人正在检查工具时，我走进仓库，通过窗户或节孔观察他们。我看到伙计们把锹和镐都放到仓库后面的地上。他们休息几分钟后开始议论我为什么要他们挖这么浅的战壕。他们有的说6英寸深还不够当火炮掩体。其他人争论说，这样的战壕太热或太冷。如果伙计们是军官，他们会抱怨他们不该干挖战壕这么普通的体力劳动。最后，有个伙计对别人下命令：'让我们把战壕挖好后离开这里吧。那个老畜生想用战壕干什么都没关系。'"

最后，巴顿写道："那个伙计得到了提拔。我必须挑选不找任何借口就完成任务的人。"

对我们而言，无论做什么事情，都要记住自己的责任，无论在什么样的岗位上，都要对自己负责。不要用任何借口来为自己开脱或搪塞，执行任务是不需要任何借口的。

一位长期在公司底层挣扎，时刻面临着失业危险的中年人来看心理医生。医生问他发生了什么事。他神情激昂地说："我怎么也睡不着，想不通。"然后他开始抱怨公司老板如何不愿意给自己机会。

"那么你为什么不自己去争取呢？"医生说。

"我曾经也争取过，但是我不认为那是一种机会。"他依然义愤填膺。

"你能说得具体点吗？"

"前些日子，公司派我去海外营业部，但是我觉得像我这样的年纪，怎么能经受得住如此折腾呢。"

"为什么你会认为这是一种折腾，而不是一种机会呢？"

"难道你看不出来吗？公司本部有那么多职位，却让我去如此遥远的地方。我有心脏病，这一点公司所有的人都知道。"

医生无法确认这位先生是否真的得了心脏病，但他已经知道了这位先生的"病根"，那就是喜欢在困难面前为自己找借口。

于是，医生给他讲了一个与他的情形截然相反的故事，故事的主人公就是体育界的成功者罗杰·布莱克。

罗杰·布莱克之所以杰出并不在于他非凡的令人瞩目的竞技成绩——他曾经获得奥林匹克运动会400米银牌和世界锦标赛400米接力赛金牌。而更让人心生触动的是，所有的成绩都是在他患有心脏病的情况下取得的。

除了家人、亲密的朋友和医生等仅有的几个人知道其病情外，他没有向外界公布任何消息。患有心脏病从事这种大运动量的竞技项目，不仅很难有出色的发挥，而且有可能危及生命安全。第一次获得银牌后，他对自己依然不满意。如果他告诉人们自己真实的身体状况，即使在运动生涯中半途而废，也会获得人们的理解的。但是罗杰却说："我不想小题大做。即使我失败了，也不想将疾病当成自己的借口。"作为世界级的运动员，这种精神一直存在于他的整个职业生涯中。

医生刚讲完罗杰·布莱克的事，这位中年人就自己走出了治疗室。

那些认为自己缺乏机会的人，往往是在为自己所面临的困难寻找借口。富有者不善于也不需要编制任何借口，因为他们能为自己的行为和目标负责，也能享受自己努力的成果。

一个人在面临挑战时，总会为自己未能实现某种目标找出无数个理由。正确的做法是，抛弃所有的借口，找出解决问题的方法。因为那些实现自己的目标、取得成功的人，虽然成功的因素各不相同，也并非都有超凡的能力和超凡的心态，但他们却有一个共同的特点：他们从不为自己找借口。

第二章
认清自己，有了自我认知才能更坚强

古话说得好，人贵在有自知之明。一个有自知之明的人知道自己是谁，也知道自己的长处和缺点。当你真正认识自己的时候，你才能正确地看待自己的处境。一个有自知之明的人会去追求自我的完善，最终他才能变得更加坚强，并创造属于自己的完美人生。

自知之明最难得

第二章
做自己的主，听自己的话

　　人往往只有了解了自己以后，才能够正确地树立起自己的目标。在成功的道路上，人有时会变得犹豫不决。既想做这件事情，又想做那件事情，然而越是希望面面俱到，就越会导致犹豫不决。这时只要把这些迟疑不定的想法抛开，问题就得到解决了。所以要冷静地考虑自己的才能，选择适合自己的目标，这是非常重要的。然而自己很难了解自己的才能，当然也有人具有自知之明，但不了解自己的人终究比较多。

　　日本松下电器公司的创始人松下幸之助在回顾自己过去的半生时，他说他很少有犹豫不决的时候。因为工作总是接连不断地做，这一次这样做，下一次那样做，怎样做才能够把工作做好，怎样做才能适合自己，这些问题一直困扰着松下幸之助。他在遭遇困惑的时候，就会请教第三者，被请教的第三者因为没有利害关系，所以看得比较清楚，就会提供客观的意见。松下把这些意见仔细分析一下，觉得应该完全按照这些意见做时，就照做。他对这意见不十分明了时，就再度请教，如果听到三次相同的意见，那么不管怎样，他也会按照这个意见做下去。当时，苏联十月革命的成功，使全世界的产业工人无不欢欣鼓舞。日本的工人运动也风起云涌，工人提出增加工资、参加普选、成立工会、管理工厂等等一系列要求，无不使工厂的老板感到恐慌。

一般来说，愈是大型工厂，愈容易发生工潮。而像松下开办的这类小型工厂，工潮再怎么轰轰烈烈，里面都静如一潭死水。偏偏这时，松下萌发忧患意识：如果我的工厂规模一大，难免不发生工潮，我该怎么办？他进一步想：如果我的工厂受外界经济气候及自身经营状况的影响，工人情绪波动，我又该怎么办？这时，松下从旧式的家庭企业中受到启发，"对立不如亲善，把工人当成老板的家人，老板则像是工人的父亲"，这样的旧式的家庭企业模式也必定能适应新产业。于是，松下的理论逐渐明朗："松下电器公司的员工都是松下大家族的一员，谁不是松下大家族的一员，谁就不是松下电器的员工。"松下构想成立一个工会组织，在这个组织里，老板员工一视同仁。就这样，松下摸着石头过河，靠着自己的经营理念，终于把工厂一步步发展壮大。后来，松下电器在大阪拥有了较高的知名度，在市场上站住了脚跟。松下正是凭着自知之明，深刻地了解自己，才使公司的管理日趋完善，最终使松下电器成为世界的知名品牌。

松下的策略是从全局的观点来看待自己的发展，在看不清楚地方，寻找到一条能够取得突破的道路。而这一切，全都得益于他对大局、对自己的了解。孙子说："知己知彼，百战不殆。"也就是说，只有了解了自己和外界的情况，才能够制定正确的方向和目标。只有自知，才能够审时度势，制定出符合自身特点的方针和策略，找出自己的发展和成功之路。

了解自己，你才能提升自己

我们可以时时把认识自己挂在嘴边，但真正认清自己、正视自己又谈何容易。有时候，我们认不清自己的长处，以为自己是废料一块；有时候，我们又认不清自己的短处，以为自己无所不能，竭力想用跛着的那一只脚踏开一条成功之路；更要命的是，有时候我们认清了自己，却不能正视自己，依然故我，在老路子上前行。这时候如果有人愿意在旁边提醒你，那么，这个人一定是你在这世界上第一要好的朋友。

彼得小时候家里很穷，父母又在他刚上大学时相继去世，但是噩运并没有击倒他，反而让他坚强起来。彼得经过苦苦拼搏，好不容易才供自己和弟弟加里上完了大学。大学毕业后彼得又凭着他的勇气和才华，在纽约开了一家广告代理公司，几年的辛苦努力，事业蒸蒸日上，他自己也成为当地的富商和成功人士。

有一天，彼得来到弟弟加里居住的城市波士顿，住进了一家旅馆。他没有料到，就在这一天，三个电话竟改变了他的生活和他的一些为人处世观念。刚刚住下，他就急着给弟弟家拨了电话，电话是弟媳安妮接的，他以命令的口吻要求弟弟加里和安妮一定要来和他共进晚餐，他希望今晚就能见到他们。可是他万万没想到却遭到弟媳安妮以有事为由加以拒绝。后来彼得通过其他朋友才知道，原来当时他们约请了一些朋友一起吃饭。

为什么他们要对他撒谎？彼得一夜难眠。第二天，他就急急开车来到弟弟家。

安妮一开门，他冲口就问："昨晚你们为什么不请我？"

"彼得，我对此非常抱歉。加里本来要请你，但我告诫他，我们最好不要把好好的聚会给毁了，你准会把一切给毁了的。"

"你怎么能这么胡说？"彼得生气了。

"因为这是事实。彼得，你为什么就没想到我们迁居波士顿不为别的，就是为了要摆脱你呢？你是个成功人士，处处要引人注目。只要你在身边，加里就感觉是在你的阴影之下。凡加里要说的每句话、要表达的每个意见、想说的每件事，都要符合你的意愿，甚至你对他的每个做法都要提出不同意见。这也不行那也不行。你认为你辛辛苦苦地供他上了大学，他就该一切都征求你的意见，甚至必须听你的，在你面前他像个傻瓜。昨晚的聚会，大学校长也出席了。我们希望加里能得到升迁，而你若在的话，总是将自己凌驾在加里之上，为什么你偏要来出风头，坏别人的事呢？这就是我决定不邀请你的原因。"

"我并不像你所说的那样！"彼得连吼带叫地说。

"是吗？"安妮悲哀地说，"你也应当有自知之明了。"

这件事令彼得很苦恼，但他不明白为什么会这样。几天后，彼得来找他的朋友、心理医生爱德文。

"这件事一直让我不得安宁，我不知道该怎么做，"彼得说，"那个女人是我的死对头，我决不能让她离间我和加里，得想个解决的办法。"

爱德文医生看着彼得："其实，问题出在你这儿，不过解决的办法我有，"他说，"只是怕你接受不了，不喜欢罢了。你的弟媳给你的忠告也许是最好的：人要有自知之明。与其他人一样，你不是一个人，而是三个：你自以为你是什么样的人；在别人眼中你是什么样的人；最后，真实的你又是什么样的人。一般说来，那个真实的'你'，没有人知道。为什么不试试和他熟悉一下呢？你的生活将会因此而全盘改变的。"

彼得忧郁的脸上露出痛楚的表情。后来他终于问："我该如何开始呢？"

爱德文医生建议他：面对自己，在开口或行动之前，先与自己的最初想法或冲动较较劲。医生的话引起了彼得的深思，诸如此类的事，他又在自己身上发现不少，他总是有意无意地批驳他人，阻止他人，总是认为只有自己的想法是对的，这使他深感惶恐。他多嘴饶舌，常常添枝加叶以便使自己的言谈更吸引人；他甚至不顾朋友的情分，随口加以贬损。更令他震惊的是，他居然对遭遇不幸者幸灾乐祸，对成功者充满嫉妒。越是深入了解自己，他越感到不能容忍自己的缺点。

他来到弟弟家，安妮给他开门时眼中露出疑惑的表情，彼得脸上带着微笑。一会儿，他与侄儿坐在客厅的地板上，他的膝盖上搁着打开的礼物：那是一个黑本子，破旧的封面上看不见书名。彼得微笑着说："这里还有一封信，是我世上第二要好的朋友写的，你看，这信上说，'你'也就是指我，才华横溢。"

当孩子读着信时，四周一片宁静。安妮转过身，走向窗。突然，孩子问："那么，这世上，谁是你第一要好的朋友呢？"

"就是窗口前站着的这位太太，"彼得说，"好朋友敢给你讲真话，而你母亲就是这么做的。当我最需要的时候，她给了我忠告，让我认识到了自己的缺点。我怎么感谢她都永远不够。"

　　在我们认识自己的时候，有些人过高地评估了自己的素质，以为自己德才兼备、无所不能，说起别人来不免斜眼瘪嘴，说到自己则"这没什么难的""没什么是我干不了的"。这些人把自己高高地擎了起来，给自己刷上了一层亮丽的油彩。这样的人应该早点在自我陶醉中醒悟过来，毕竟那句老话说得没错，谦虚使人进步，骄傲使人落后。

找到缺点，并改正它们

"人啊，认识你自己！"这句刻在古埃及德尔菲神庙上的古老箴言，充满了无穷的智慧，几千年来时刻提醒着人们认识自我、把握自我、设计自我、实现自我。我们要想取得成功，必须从深知自己开始。对自己看得越准确、越透彻，选择的道路就会越正确，自身的潜力就越能发挥出来，成功的可能性就越大。

在认清自己的时候，有的人选择了自卑。他们羡慕那些走红的影视明星、著名的作家、知名的科学家等等，谈起来头头是道、一脸羡慕，但一谈到自己就会说："我不是那块料，我肯定不会像他们一样成功的。"或者说："我可没有他们那么好的机会。"这些人自己把自己打入了另册之中，给自己的前途蒙上了一层灰色的纱幔。

其实，"金无足赤，人无完人。"一个人长于此，未必长于彼。一个著名的作家未必健谈；一个知名的科学家可能交际能力欠缺；一个学富五车的学者可能动手操作能力极差。陈景润当不好数学老师，却可以攻克数学难题；柯南道尔作为医生并不著名，写小说却名扬天下；钱钟书一看数学就蒙，却可以成为学贯中西的大学者……每个人都有自己的特长，都有自己特定的天赋与素质，在认识到自己长处的前提下，扬长避短，专注于目标，认真地坚持做下去，长此以往，终究会结出丰硕的果实。

纵观古今中外那些杰出的人物，他们都有一个共同的特点，那就是做自己最适合做的事，并坚持下来，终有所成。一位名人曾经说过："一个人一生只能做一件事。"他所说的一件事就是指能在一件事上做精、做细、做出名堂来。是啊，在当今社会分工越来越细的情况下，一个人本事再大、精力再多，也不可能三百六十行行行精通，他所能做的就是在自己有所特长的工作上做到极致，做到与众不同。

1987年世界最佳运动员和欧文斯奖两项大奖的获得者是美国著名跳水运动员格里格·洛加尼斯。他就是一个认清自己特长并发挥所长到极致并终有成就的最好例子。

格里格·洛加尼斯开始上学的时候很害羞，在讲话和阅读上遇到了困难，为此他受到了同伴的嘲笑和作弄。这令洛加尼斯非常沮丧和懊恼，但他也发现自己非常喜欢并且精通舞蹈、杂技、体操和跳水。他知道自己的天赋在运动方面而不是学习。当认清这些之后，他减轻了些自卑感，并开始专注于舞蹈、杂技、体操和跳水方面的锻炼，以期脱颖而出，赢得同学们的尊重。事实上，由于他的天赋和努力，他开始在各种体育比赛中崭露头角。

在上中学时，洛加尼斯发现自己有些力不从心了，因为无论是舞蹈、杂技、体操、跳水，都需要辛勤的付出，他不可能有这么多时间和精力，去做这么多事。他知道自己必须有所舍弃了，只能专注于一个目标。但此时他不知要舍弃什么、选择什么。这时，他幸运地遇到了他的恩师乔恩——一位前奥运会跳水冠军。经过对洛加尼斯严格的观察和细致的询问后，乔恩得出结论：洛加尼斯在跳水方面更有天赋。洛加尼斯在经过与老师的详细交谈和自我反省后，认为自己的确更喜欢跳水，之所以也喜欢舞蹈、杂技、体操，是因为这些可以使他跳水更得心应手，可以为跳水带来更多的花样和技巧。

他恍然大悟，于是专心投身于跳水中。

经过专业训练和长期不懈的努力，洛加尼斯终于在跳水方面取得了骄人的成就。他16岁时就成为美国奥运会代表团成员，到28岁时就已获得6个世界冠军、3枚奥运会奖牌、3个世界杯和许多其他奖项。由于对运动事业的杰出贡献，洛加尼斯在1987年获得世界最佳运动员和欧文斯奖，达到了一个运动员荣誉的顶峰。

从洛加尼斯的例子中我们可以知道，一个人要实现自己的人生价值，就得正确地认识自己，珍惜有限的时间，选择最适合于自己的事情去做。

洛加尼斯真的很幸运，他有恩师的帮助，能够早早地认清自己、正视自己。而生活中的我们就未必会如此幸运了。我们可能认不清自己，或者认清了也不能正视，因而这个也想干，那个也要干，结果光阴荏苒、人事蹉跎，最终不能取得最大的成功。

要做一个成功者，我们要认清自己的优势和不足，不要什么事都做；否则什么都做不到极致，既浪费了时间、也浪费了生命，结果只能是徒留悲切在心中。

给自己一个正确的定位

一个人如果对自己都没有准确的定位，那是很麻烦的。要做好定位，首先要清楚认识自己，加深对自我的了解，这不是一次可以完成的，它不仅是建立在反馈基础上的自我动态调节，也要听取别人对自己提出的中肯意见。

有两件学林轶闻值得我们深思。一是著名的史学家方国瑜。他小时除刻苦攻读学堂课程外，还利用节假日跟从和德谦先生专攻诗词。他钦佩李白、羡慕苏轼，企望自己有朝一日也能成为一名诗人。但一晃六七年，却始终未能写出一篇像样的诗词。1923年，他赴京求学，临行时和德谦先生诵玉阮亭"诗有别才非先学也，诗有别趣非先理也"之句以赠，指出他生性质朴，缺乏"才""趣"，不能成为诗人，但如能勉力，"学理"可就，将能成为一个学人。方国瑜铭记导师深知之言，到京后，师从名家，几载治史，就小有成就，后来著成《广韵声汇》和《困学斋杂著五种》两本书。从此他立定志向，终生于祖国史学研究。

著名史学家姜亮夫也有类似经历。20世纪20年代，他考入清华大学研究院。当时他极想成为"诗人"，把自己在成都高等师范读书时所写的400多首诗词整理出来，去请教梁启超先生。不料梁启超毫不客气地指出他囿于"理性"而无才华，不适宜于文艺创作。姜亮夫回到寝室用一根火柴将"小集子"化成灰烬。诗人之梦醒了，从此他埋头攻读中国历史、语言、楚辞学、民俗学等，取得一系列成果。可谓"失之东隅，收之桑榆"。

在现实生活中，人们往往忘记自己的存在，忘记对自己的关爱，从不去问"我从哪里来，我到哪里去"之类的问题，偶尔想起，也不过茫茫然一片空白。在人生这个舞台上，正可谓：乱哄哄，你方唱罢我登场，反认他乡是故乡；甚荒唐，到头来，都是为他人作嫁衣裳。

要给自己一个准确的定位，就要探讨认识自己的问题。这里所说的认识并不是像曹雪芹在《红楼梦》中所讲的一样，对于那些身外之物我们还是应该去追求的。我们不反对去追求"身外之物"，更不鼓励人们这辈子禁欲，下辈子进天堂享福。

正好相反，我们要极力鼓励人们去追求现实的身外之物，因为毕竟只有这些身外之物才能反映出我们今生今世过得好不好，才能看出我们这辈子活得值不值。但同时我们也绝对不赞同将这些身外之物当作唯一标准。那些将身外之物当作唯一目标的人，当追求得到满足后，又会很迷茫，结果是找不到"自己"，不知该往哪里去，于是会堕落，寻求感官享受。

可见人必须清楚地认识自己，不但要建设极丰富的物质家园，同时还需要建设自己的精神家园。做人固然要追求物质，但在追求物质的同时，一定要有精神。没有精神，任何物质都经不起人们的推敲，没有精神，任何物质都无法使人得到最大的满足。

人首先应该给自己一个定位，自己到这个世界上来究竟是干什么的，必须有个十分清晰的描述，离开了这个描述，人就会迷茫，就会失去前进的方向，就会在一个个十字路口徘徊，这样的人生是没有意义的。

　　研究自己的目的就是更清楚地认识自己，找到与自己的素质相对应的目标，凭着自己素质上的信号找到这一目标后，才能攻其一点，攻出成果，由此及彼，不断扩大。

自知能够促使你觉醒

　　本杰明·富兰克林曾经奇怪地开始觉察到他正在不断地失去一些朋友。他开始意识到他在不断地与人发生争执，和人相处不好。快到新年了，大家都在制订新年计划。富兰克林坐下来，给自己拟定了一个美德反省表，他首先列出获得成功必不可少的13个条件：节制、沉默、秩序、果断、节俭、勤奋、诚恳、公正、中庸、清洁、平静、纯洁和谦逊。并对照这些优点开出一张清单，清单上有他所有让人讨厌的性格特点。他对这些特点进行编排，把最有害的一个放在清单的第一位，然后依次排下来，害处最小的排在最后。刚开始的时候，富兰克林总要大吃一惊，发现自己的过失和缺点比他当初想象的要多得多。他决定一个一个地改掉这些坏毛病。每次他发现自己已经成功地改掉了一个坏毛病的时候，他就把这个毛病从清单上划掉，直到清单上所有的坏毛病都划完为止。

　　富兰克林还非常懂得应该如何克服自己的缺点。在年轻的时候，他曾被推选为宾夕法尼亚州议会秘书。在此之前，他却被一位新议员在一次长篇演讲中骂得狗血喷头。怎样对待这位新对头呢？若以牙还牙，论口才富兰克林绝不是这位议员的对手。富兰克林心想："我对这位新议员的攻击自然很不高兴，但他是个很有学问的人，日后在议会里定会成为有影响的人物。不过，我也绝不能以卑鄙的阿谀奉承来讨取他的欢心，我必须用诚恳的态度来打动他。"富兰克林听说那位议员有几部很珍贵的藏书，便写了封短函，表示很想向他借阅。议员收到短函，果真把书送来了。过了一星期，富兰克林把书还给他，另附一封信表示诚挚的谢意。结果，当两人在会议室相遇的时候，议员主动亲切地和富兰克林打招呼，开始友好的交谈，后来还许诺要在一切事情上支持富兰克林。就这样，两人逐渐成为知心朋友，友谊一直维持到议员去世。

富兰克林为了克服口才不好的缺点，时常把一切意见都用十分谦逊的口吻表达出来，从不说一句易于引起别人反感的武断话。对他人的意见总是予以相当的尊重，即使觉得有些不对的地方，也用十分温和的间接的方法指出来。同时，如果自己有了错误，一经发觉，立刻坦白承认。他深知自己缺乏能言善辩的口才，不能与别人的唇枪舌剑一决雌雄，不得不用这种"态度上的柔术"来补救。这时，沉默也很有效。但沉默不等于呆若木鸡，一言不发。你可以时不时地微笑着与人打打招呼、向人点点头或偶尔投去友好的一瞥，这样就会给人一种庄重、尊严的感觉，也不会失了体面，而且更能吸引人。

富兰克林成为全美国人格最为完美的人之一。人们尊敬他，崇拜他。今天几乎在所有关于性格塑造的书中，你都会发现富兰克林的名字，他被当作这个方面最杰出的例子。然而，让我们来设想一下，如果富兰克林不对自己的性格进行任何改造，如果他曾经做过的和今天不计其数的人正在做的一样——父母给了他什么样的性格就保持什么样的性格，如果富兰克林继续以那种争辩的方式与人交往……那么，他绝不可能成功地说服法国人来帮助殖民地，也许整部美国历史都将重写。

认清自己，切忌只认识到自己的弱点和不足而妄自菲薄，对自己的能力不自信，认为自己必将一事无成。每个人都有各自的优点和缺点，唯有对自己的优缺点有客观的了解，并针对具体目标进行积极的自我省察才是正确的态度，也才有可能塑造出新的自我。既不妄自尊大，也不妄自菲薄，这种心态和观念就是自我省察的首善。

自知之后再自强

遭遇人生的狂风暴雨，战胜它的法宝就是自强，自强是什么？自强是努力向上，是奋发进取，是对美好未来的无限憧憬和不懈追求，是狂风暴雨袭来时的傲然挺拔。想要自强，必先自知。能够自知的人，也必定更加自立自强。

自强者的精神之所以可贵，在于其不怨天尤人，在于其永不言败的坚韧不屈，在于自己的拼搏、奋斗。

张敏有点先天不足，在身强力壮者聚集的部队，他的确相形见绌。他个儿小，身体又弱，照他自己的说法："在部队里当战士时样样不行。"就说甩手榴弹吧，按规定，甩30米就及格，但他费了九牛二虎之力也只能甩27米。他深知自己的弱点，很难当一个好战士。但又怎么办呢！战友们说："有力吃力，无力吃智。你就靠小脑袋去闯世界吧。"他想想自己的确还有强项：脑瓜还灵活，平时很会讲故事，是可以搞点脑力劳动，可脑力劳动多种多样，又能干什么呢？

他终于做出了决定。这个决定还挺实际，与改善生活有点关系。那是有一次，他目睹诗人王吾增用一首诗换来稿费38.5元。那时候，一碗优质清汤牛肉面只要1角8分钱，一首诗竟值200碗牛肉面啊，半个村子的人都够吃了。又有一次，他在图书馆看到了一本《电影文学》，他才知道，拍电影原来是要有剧本的，而剧本当然是由人写出来的。他于是做出决定：搞写作！同时他立下了一个很具体的目标：一定要写一部电影！

他反复看那本《电影文学》，突然有了灵感，决定写一个《岳飞》的电影剧本。他刚一动笔就突发奇想：要让制片厂做好拍摄的准备啊。于是，像报喜似的，立即给八一电影制片厂去了一封信："有一个青年战士在写《岳飞》的电影剧本，请做好拍摄准备。"20天后，八一电影制片厂文学部来信了，信里说："《岳飞》已有人写过，作者叫陈荒煤，是位著名的艺术家。"同时又委婉地说，看到他的来信很高兴，并嘱咐他从生活出发，写写自己身边的事。这封信既让他为自己的不知天高地厚而羞愧，又为编辑部能这样耐心地鼓励一个不知名的青年而感动。他把这封盖有公章的信像圣旨一样看了一遍又一遍，看得能倒背如流。

他明白了，必须多看别人写的东西，否则怎么能写出给别人看的东西？但是，他当兵的地方是一个黄沙包围着的农场，那里没有书，只有两份报纸，但都锁在指导员的抽屉里，不开会学习是看不到的。后来，几经周折，他把自己最珍贵的东西卖掉，换回了500元钱，500元，在那时候可不是一个小数目，这500元给他换回了八大捆书。五年后，他把那些书全看完了，期间，他写了九个电影剧本，但一个也没有被采用。不过，功夫不负有心人，为本师团写的一些剧本，被采用了，还获过奖。

张敏退伍后，分配到一家化工厂，当了一名工人，工作之余，他从没有放弃过写作。多少年过去了，他仍没有写出一个被采用的电影剧本，也没有发表过一篇小说。沉痛，是可想而知的。最让人痛苦的是来自一些人的嘲笑。别人给他起了个外号，叫"作者"，常常有人这样讥讽他："作者，最近有什么大作？"这是往他的伤疤里戳啊。但他都默默地忍着，与自己的痛苦做斗争，与自己的无能做斗争。

一天上午，厂政治部的陈干事叫他去政治部一趟。他突然紧张起来：莫不是偷水泥的事被发现了？那是头天上午，他用饭盒舀了些水泥，偷回家做了个棋盘。他忐忑不安地来到政治部。"老实说，你最近都干了些什么隐瞒组织的事？"陈干事问。"什么也没干。"他下定决心不说。陈干事故意大声问："你没有给报刊投过稿子？"他突然为之一振，被吓软的两腿变得有力起来。他想起那天晚上，在床上翻来覆去睡不着，于是干脆起来写作，散文《献给母亲》就是那晚写成的，第二天，又写了一篇《蚕女》，都寄给了《解放军文艺》。莫不是？就是！他的两篇文章都被采用了。他激动不已地想："15年啊！我在文学创作这条泥泞的小道上爬了15年，总算有一只手摸到文学殿堂的门了！"

1980年5月，他终于调到了《革命英烈》编辑部。他拼命地工作，几年后，中篇小说《黑色无字碑》终于列入了西影厂的改编计划。梦想终于成真了。1985年，他调入西影厂。

一天，导演黄建新找到他，说了一个让机器人开会的构想，问他能不能写一个电影剧本，但有个条件，要快。他想："这是厂长和导演送给我一个做梦的枕头，如果拒绝，那是三代智障者！"他咬咬牙，当机立断，说："后天上午给你初稿。"他想：在生命的旅途上，有慢跑也有快跑，但在要紧的时候，一定要快跑——用最快的速度去拼搏！第二天，他一口气写了1.8万字，晚上9点，出现在他眼前的全是蓝条格子，胳膊也抽筋。第二天一早，他把这1.8万字交给黄建新说："中午，中午才到期，剩下的中午给你！"中午 11 时半，他完成了 2.5 万字的剧本，黄建新看着他，说："你快回家睡觉去，脸都成绿的了。"这个剧本就是《错位》，就是备受观众称赞的、获得罗马尼亚电影节奖项的《错位》。

　　人经常埋怨环境、埋怨别人不适合自己，或者自己不适合别人。于是就不断去做出改变，希望可以找到一个安身立命的地方，找到一个情投意合的人。不断做出改变的背后，其实只是将责任推卸给环境和别人的借口，但问题根本不在外界和别人身上。正所谓"人贵自知"，如果一个人不懂得自我反省，无论他去到世界上任何一个地方，他都会犯同一个错误，最终只会落得心力交瘁、精疲力竭，不知道自己应该要归何处。

把握人生的方向盘

有人说人生须尽欢，有人说人生是一种生活态度，不管怎样，人生是对自己的一种清醒的认识。认识到自己想要的，认清自己的能力可以得到什么，才能够给自己定下一个合理的目标。没有什么可以迷茫的，只是对自己的认识不够清楚。没有什么可以困惑的，只是不知道自己想得到什么。没有什么可以失落的，只是对自己的能力认识不清。认知自己，是认知世界改造世界的第一步，至关重要的一步。只有正确地认知自己，才能确立正确的目标和方向，走一条正确的路。

有这么一个小故事：乌鸦站在树上，整天无所事事，兔子看见乌鸦，就问："我能像你一样，整天什么事都不用干吗？"乌鸦说："当然，有什么不可以呢？"于是，兔子在树下的空地上开始休息，忽然，一只狐狸出现了，它跳起来抓住兔子，把它吞了下去。

兔子的错误在于，它没有正确地认知自己，以为别人可以做的事情，自己也可以一样照着去做。可是兔子却没想到，乌鸦是会飞的，它就算什么也不做，站在高高的树上也不会受到其他动物的威胁，而兔子不会飞，也不会爬树，只能站在树底下，这样它随时都有可能成为其他动物的食物。人也一样，我们必须认清自己，并认清自己所处的位置，如果你想站着什么事都不做，那你必须站得很高，非常高。如果你还达不到这点，就必须管理好自己，压制住自己的消极心理，认真负责地工作，这样你才不会被"吃掉"，才不会迷失方向。

没有认清自己所处的位置的结果常常是让我们失去方向，最后与我们的目标渐行渐远，甚至是背道而驰。下面的故事恰恰说明了这一点。

在地球的最北端，是一片茫茫的雪原，因此保持行进路线方向的正确是最重要的事情之一。可是，在这儿到处都是白色的荒地，没有任何形式的路标，探险家只能相信他们携带的测量仪器。

探险队员们每走一个小时都要停下来查看一下地图。并为下一步探险绘制详细的行走路线。然而，就在他们走出营地几个小时之后，突然发现了一个奇怪的现象，当他们停下来读取测量仪器上的数据时惊奇地发现，尽管他们准确无误地朝着北极方向进发，可是离极点的距离却越来越远了。

队员们没有多想，认为这只是一次误测，所以就没有犹豫，继续朝前进发。在下一次读取数据时，他们再次发现离北极点更远了，尽管他们准确无误地沿着正确的路线前进。

究竟是怎么回事？难道见鬼了不成？最后，他们终于发现，原来他们踏上了一座正在向南漂移的巨大冰川，而冰川向南漂移的速度比他们向北行进的速度还快。他们做的每一件事都是完全正确的，可脚下却踏错了地方。

很多时候，我们朝着选准了的方向前进，努力了，奋斗了，付出了，可始终没能到达。我们可能会埋怨外部环境，埋怨人情世故，埋怨老天不公。可我们是否应低下头看看，其实是我们自己所站的位置不对。在错误的位置上很难走出正确的道路，不管你多么勤奋和坚持。

这个故事证明：做正确的事，比正确地做事更重要；如果战略错误，再正确的战术也于事无补！

避开弯路需要你的自知之明

"认清自己"，简单的四个字，做起来却并不容易。人往往喜欢固执地钻牛角尖，也可以说是"持之以恒"。这种韧劲，这种坚强的毅力，如果是在正确的方向上，在合适的地方，一定会有收获，会得到成功的喜悦，反之，只会南辕北辙，离目标越来越远。在人生的道路上，很多时候我们需要认清自己，扬长避短，这样会更容易达到自己的目标，人生才会更加精彩。

身边有一个朋友，从小喜欢舞文弄墨。高中毕业后，哪儿也没考上，他就一心一意在家写作，可以说是名副其实的"坐家"。三年过去，他居然连篇"豆腐块"大小的文章都不曾见报。父母看在眼里，急在心中，怎么劝都没用。"写作来源于真实的生活，且高于生活，你这样闭门造车，脱离生活，怎能写出好文章呢？"一个好朋友这样劝他，并且邀他和自己一起做些小本生意。面对生活的窘迫，面对堆积如山的退稿，他有些消沉，也想暂时停止盲目的写作。经过三天三夜的冥思苦想，他最后决定先和朋友一起做小本生意，等生活有转机后再继续写作。其实他是有生意头脑的，而且为人活络。在商海的沉浮中，他找到了自己的乐趣和位置。经过十年的打拼，他已经拥有两家自己的文化用品店和一间书吧。最难得的是，在事业渐渐走上正轨后，他利用闲暇时间写成了一本《商海沉浮》。如果他当初一味地沉溺于自己的作家梦中，一味地"闭门造车"，这一生或许就成了定数，不仅生活无着落，那本《商海沉浮》也不可能出现。

大学生经常挂在嘴边的一句话是：要用青春赌明天。毕业的那一天，终于要确定自己如何走向社会，如何确定一个适合自己的位置……却茫然了。于是在有限的范围内，在以"别人也认可"的标准下匆匆选择了一份工作。这份工作有可能并非自己的专业方向。于是抱着"人的潜力无限，天道酬勤，只要我努力，我一定会做得很好"的心态开始努力工作。但是，经历几年的"仿佛工作时就处于缺氧"的状态，感觉到自己需要再调整方向。自然，又一次以别人还认可的标准选择跳槽。如此反复，终于有一天，当发现真正属于自己的职业方向时，"青春"已无几可赌，只好千方百计说服自己：其实人生就是痛苦。

能够认清自己，面对生活，扬长避短，这样才有可能走上成功的大道。"认清自己"说来简单，但真正要做到要做好却并非容易。因为很多时候，我们都被生活的假象所迷惑。

人生并没有捷径可走，除了努力拼搏外，能够认清自己，扬长避短，至少可以少走一些弯路，让自己早日抵达成功的彼岸。成功者与失败者的最大不同，可能就是成功者知道自己的优势，扬长避短，而失败者相反，他们往往十分卖力地把自己逼进死胡同。

第三章
修炼自己，勇敢地激发出你的潜能

很多人习惯性地依赖别人，是因为他们不知道自己的能力有多大，没有找到并挖掘出自身的能量。所以，当你开始修炼自己，激发出自己的潜能后，你会发现，人生没有什么困难，你能够坚强地面对一切。

你的潜力超乎你的想象

美国学者詹姆斯根据其研究成果指出："普通人只开发了自己身上所蕴藏能力的 1/10，与应当取得的成就相比较起来，每个人不过是半醒着的。"

每个人的自身都是一座宝藏，都蕴藏着大自然赐予的巨大潜能和无限潜力，只是由于没有进行各种潜能训练，使得我们没有机会将内在的潜能淋漓尽致地发挥出来。我们身上没有得到开发的潜能，就犹如一位熟睡的巨人，一旦受到激发，便能发挥"点石成金"的力量。

爱迪生小时候曾被学校的老师认为愚笨而失去了在正规学校受教育的机会。可是，他的母亲并没有因此而放弃对他的教育。在母亲的帮助下，经过独特的心脑潜能开发，爱迪生最终成为世界上最著名的发明大王，一生完成了 2000 多项发明创造，他在留声机、电灯、电话、有声电影等许多领域里进行了开创性的发明，从根本上改善了人类生活的质量。

通常情况下，大多数人都习惯于依赖既有的经验，认为别人做不到的事情我也不可能做到，于是便变得安于现状，习惯了按部就班的生活，习惯于从事那些让自己感到安全的事情，习惯于表现自己所熟悉、所擅长的本领，从而不愿意去改变自己的生活及探索未知的领域。那么，自身的潜在能力也就始终得不到挖掘，所有的潜能也都在机械的操作中埋没，并随着年龄的增长、肌体的变化而渐渐消失了。

而在我们的日常生活中，只有那些对成功怀有强烈的雄心、勇于挑战自我极限的人，才能激发内在蕴藏的能力，从而比他人更容易获得成功。

班·费德雯是保险销售史上的一位传奇人物。

1912 年，他出生于美国；

1942 年，他加入纽约人寿保险公司；

1955 年，还没有人敢去想，一名寿险业务员的年度业绩可以超过 1000 万美元；

1956 年，他打破了寿险史上的纪录，年度业绩超过 1000 万美元；

1959 年，2000 万美元的年度业绩还被认为是遥不可及的梦；

1960 年，他把梦想变成了现实；

1966 年，他的寿险销售额冲破了 5000 万美元的大关；

1969 年，他缔造了 1 亿美元的年度业绩，自此之后这种情况更是屡见不鲜；

1984 年，他成为百万圆桌协会会员，此为保险业的最高荣誉。

在这个专业化导向的行业里，连续数年达到 10 万美元的业绩，便能成为众人追求的、卓越超群的百万圆桌协会会员，而费德雯却做到近 50 年平均每年销售额达到近 300 万美元的业绩；另外，他的单件保单销售曾做到 2500 万美元，一个年度的业绩超过 1 亿美元。他一生中售出数十亿美元的保单，比全美 80% 的保险公司销售总额还高。

　　放眼寿险史上，没有任何一位业务员能赶上他。而他的一切，仅是在他家方圆 40 里内，一个人口只有 1.7 万人的东利物浦小镇中创造出来的。

　　谈到这些常人难以取得的成功，费德雯认为："我的成功就在于对成功怀有强烈的企图心。对自己的生活方式与工作方式完全满意的人，已陷入常规。假如他们没有鞭策力，没有强烈企图成功的心，或使自己变成更好的人的愿望，那么他们便只能在原地踏步，原地踏步就等于退步。"

　　另外，潜能的开发程度也取决于一个人是否勤奋。积极进取的人，其潜能能够获得深度的开发；而消极懈怠的人，凡事得过且过注定一事无成。世界顶尖潜能大师安东尼·罗宾说："并非大多数人命里注定不能成为爱因斯坦式的人物，任何一个平凡的人，只要发挥出足够的潜能，都可以成就一番惊天动地的伟业。"

　　爱因斯坦是一位举世公认的 20 世纪科学巨匠。在他死后，科学家们对他的大脑进行了科学研究。结果表明，爱因斯坦的大脑无论是从体积、重量、构造或细胞组织上，都与同龄的其他任何人无异，并没有任何特殊性。

　　这充分说明，爱因斯坦成功的"秘诀"，并不在于他的大脑内部比起其他人有多么与众不同，用他自己的一句话总结就是："在于超越平常人的勤奋和努力以及为科学事业忘我牺牲的精神"。

　　因此，无论你正陷于人生的低谷时期，还是沉浸在他人怀疑、否定的苦涩话语之中，都不要怀疑自己的能力，积极的心态加上勤奋努力，你就一定能激发生命的潜能，创造出人生的奇迹。

善于挖掘并利用你的潜力

人是自然界最伟大的奇迹，一旦意识到自己的潜力，便会焕发出前所未有的生活热情和勇气。每个人都能成功，每个人体内都具备成功的潜能，尽情发挥这股力量，成功就会紧随而至。潜能是激发我们走向成功的力量，只要我们敢于挑战自己，敢于付出，理想一定会变为现实。只要我们在思想上、身体上、行为上、意识上都掌握迈向成功的策略，并且长久地保持这种状态，不断地采取行动，发挥自己所有的力量，释放内心无比的能量，我们就会开发出巨大的潜能，就会在瞬间改变生命，并且持久地带来变革，取得人生中想要的非凡成就！

所以说，人们不仅要善于观察世界，也要善于观察自己。汤姆逊由于"那双笨拙的手"，在使用实验室工具方面感到非常烦恼。后来他偏重于理论物理的研究，较少涉及实验物理，并且找了一位实验物理方面有着特殊能力的助手，从而避开了自己的弱项，发挥了自己的特长。

珍妮·古多尔清楚地知道，她并没有过人的才智，但在研究野生动物方面，她有超人的毅力、浓厚的兴趣，而这正是干这一行所需要的。所以她没有去研究数学、物理，而是到布里非洲森林里考察黑猩猩，终于成了一个有成就的科学家。

每个人都有很多优点和才能，这些优点便是促使我们走向成功的关键。等到我们清晰地看到自己的特长，确信能在什么方面取得贡献，便开始迈向成功。相反，如果我们看不出自己的优点和才能，便像个活生生被埋到坟墓里的人！

　　一个人要想挖掘自己的潜力，真正需要唤醒的是自己。我们每个人都应当尽可能地挖掘自身的潜能，激发自己的雄心壮志。因为潜能是促使我们成功或失败的重要原因。只要我们能够认识到这一点，就会询问自己的行为是否对社会、对他人或对自己有益，是否能让一个人在自主选择的过程中，不断超越自己，并由此获得最大的快乐。当然，这一切都需要我们去不断地努力，只要我们每天多做一些，就是在进步，为自己不断地增加力量。就像举重一样，第一天我们拿较轻的，然后第二天稍微增加一点重量，我们就用这种不断增强力量的办法来帮助自己，直到我们能够对自己的人生操控自如。

　　从某种意义上来说，人的潜能是十分巨大的，我们能做的比我们想到的要多得多。所以在自我发展方面，"你想什么，什么就是你"！加拿大心理学家汉斯·塞耶尔在《梦中的发现》一书里做出了一个十分惊人也极其迷人的估计：人的大脑所包容智力的能量，犹如原子核的物理能量一样巨大。从理论上说，人的创造潜力是无限的，不可穷尽的。所以说，只要你愿意去开发，就能产生巨大的能力。在这里我为大家提供潜能开发的四个必要步骤。

　　第一步，发挥自己的想象力，使自己能够把握每一个选择机会，让自己能够自主地决定要做什么，只有这样，生活才是属于我们自己的，我们才能找到光明之路。

　　第二步，明白自己喜欢什么，不要把社会、家人或朋友认可和看重的事当作自己的喜爱，更不要把自己的喜爱强加在别人的身上，也不要简单地认为自己感兴趣的事就是自己的兴趣所在，而要亲身体验并用自己的头脑做出判断。

第三步，要充满激情。一个充满激情的人，无论正在从事的是简单的体力劳动还是复杂的脑力劳动，都会毫不犹豫地认为，自己的工作是神圣的天职，从事这项工作是在追寻自己的兴趣和爱好。只有坚信自己能够得到某些东西，并且产生一种强烈的渴望甚至冲动，才能通过努力得到成功。

第四步，采取积极快速的行动，同时要明白即使是简单的事情也要不断地去做，而这个做的前提就是我们要马上采取行动。要想成功就要立即行动。如果我们做任何事情都能立即行动，就能发挥自己巨大的潜能。只有立即行动，才能正视自己心中无穷的宝藏。只有立即行动，才能采取大量而有效的手段，使自己产生渴望财富、渴望成功的动力。只要有了这种力量，我们就会比自己想象的还要伟大！

所以说，要释放人的潜能，就需要进行潜能激发，让人进入能量激活状态。如果一个组织中所有成功的能量都处于激活状态，那么它可以带来核聚变效应。

潜能激发的前提是相信所有人都具有巨大的潜能，而且这些潜能还没有被释放出来。虽然人们可以通过自我激励来开发潜能，但更可靠、更适用的方法是通过外因的激发带来能量的释放。因为自我激励需要坚强的意志力，而外因的激活则是人的一种本能反应，而且它的激发本身带有一种竞技游戏的效果，这种效果可能激发起我们的雄心，并使我们在一瞬间看到希望，激发起无限潜力，去追求成功的足迹。这不是假想，看一看我们的生活中，就有无数人是在阅读一本激励人心的书，或者是阅读一篇感人肺腑的励志美文时，突然感到灵光一闪，蓦地发现了一个崭新的自我，从而走向成功。然而，我们中绝大多数人从来没有被唤醒过，他们一直处于沉睡之中，或者是直到生命走到了尽头，才会对自己的一生做出点滴认识，这样的人生，多么可悲呀！因此，当我们在生命如此多彩的时候，一定要对自身的潜能有一个清醒的认识，唯有如此，才可能有效地发掘生命的潜力，从而最大限度地实现自我价值。

把最好的自己逼出来

一位哲学家曾经告诉我们：一个人只有确定自己在生活中做最好的自己，才会越来越接近成功，直至最终获得成功。他说："财富、名誉、地位和权势不是测量成功的尺子，唯一能够衡量成功的是这样两个事物之间的比率：一方面是我们能够做的和我们能够成为的，另一方面是我们已经做的和我们已经成为的。"

同样的，每个人的生活都会面临信仰和决心的挑战。然而，当挑战到来，我们就会全身心地投入到应对挑战中去，我们就不会再停留，而是立即采取行动，去与困难做斗争。这样，无论我们在工作中遇到多大的困难，都会自始至终地用积极、理性的态度去对待，都会用坚定的决心和充足的勇气战而胜之。

巴顿将军有句名言："一个人的思想决定一个人的命运。"不敢向高难度的工作挑战，是对自己潜能的画地为牢，只能使自己无限的潜能化为有限的成就。与此同时，无知的认识会使自己的天赋减弱，不敢去挑战自我，甘于做一个平庸的人，这样的人一辈子都会像懦夫一样生活，终生无所作为。

巴顿将军在校期间一直注意锻炼自己的勇气和胆量，有时不惜拿自己的生命当赌注。

在一次轻武器射击训练中，他的鲁莽行为使在场的教官和同学都吓出了一身冷汗。事情的经过是这样的，同学们轮换射击和报靶，在其他同学射击时，报靶者要趴在壕沟里，举起靶子；射击停止时，将靶子放下报环数。轮到巴顿报靶时，他突然萌生了一个怪念头：看看自己能否勇敢地面对子弹而毫不畏缩。当时同学们正在射击，巴顿本应该趴在壕沟里，但他却一跃而起，子弹从他身边嗖嗖地飞过。真是万幸，他居然安然无恙。

另一次是他用自己的身体做电击实验。在一次物理课上，教授向同学们展示一个直径为 12 英寸、放射着火花的感应圈。有人提问：电击是否会致人死命？教授请提问者进行实验，但这个学生胆怯了，拒绝进行实验。课后，巴顿请求教授允许他进行实验。他知道教授对这种危险的电击毫无把握，但巴顿认为这恰是考验自己胆量的良机。教授稍微迟疑后同意了他的请求。带着火花的感应圈在巴顿的胳膊上绕了几圈，他挺住了。当时他并不觉得怎么疼痛，只感到一种强烈的震撼。但此后几天，他的胳膊一直是硬邦邦的。他两次证明了自己的勇气和胆量。

"我一直认为自己是个胆小鬼，"他写信对父亲讲，"但现在我开始改变了这一看法。"

我们大家都知道巴顿将军毕业于西点军校，对西点学员来说，这个世界上不存在"不可能完成的事情"。不断挑战极限是每个学员的乐趣，只有超乎常人的困境才会让他们从中得到锻炼。而在现实生活中，我们只有具备一种挑战精神，也就是勇于向"不可能完成"挑战的精神，才是我们获得成功的基础。

当然，在挑战自我的过程中，我们需要鼓足勇气，去做自己应该做的事，去充分发挥自己的才干、机智与能力，不以到达终点为最终目的，即使到达终点了也要继续前进，永不休止，勇往直前，不怕失败。尽管在这个过程中会经受人生中所有的艰难困苦，但也要意识到这只是一个过程，只有自己永不言败，永不放弃，向自己挑战，才能走向成功。看看那些颇有才学的人，他们具有很强的能力，而且有的条件还十分优越，结果却失败了，就是因为他们缺乏一种挑战自我的勇气。他们在工作中不思进取，随遇而安，对不时出现的那些异常困难的工作，不敢主动发起"进攻"，一躲再躲，恨不得避到天涯海角。他们认为：要想保住工作，就要保持熟悉的一切，对于那些有难度的事情，还是躲远一些好，否则，就有可能被撞得头破血流。结果，终其一生，也只能从事一些平庸的工作。

我们面对这样的人，能为他做些什么呢？我认为一个人一定要有自己的目标，要有信心，并且要有自己的价值观，只有这样，我们在挑战自我时，才能不断地问自己：我要去哪里？我现在的目标、信仰和价值观在哪里？现在它们要带我到哪里去？我是否正朝着我想要去的地方前进呢？如果我一直这样走下去的话，我最终的目的地是哪里呢？所以说，人生最大的挑战就是挑战自己，这是因为其他敌人都容易战胜，唯独自己是最难战胜的。有位作家说得好："自己把自己说服了，是一种理智的胜利；自己被自己感动了，是一种心灵的升华；自己把自己征服了，是一种人生的成熟。大凡说服了、感动了、征服了自己的人，就有力量征服一切挫折、痛苦和不幸。"

给自己找一个学习的对象

中国有一句俗话叫："榜样的力量是无穷的"，精辟地概括出了榜样对成功的巨大意义。假设你要烤点心，想烤得和某个名噪一时的面包师一样好，你就需要相应的配方，并必须练习几次，直到你最终获得成功。如果你严格按照配方的各个细节制作并精心操作，你会取得与面包师差不多的好结果，即使你以前从未烤过。面包师或许经过多年的尝试和努力，最后才发明了自己的配方，你可以仅仅根据他的配方工作而节省这几年的精力。

古希腊的父母们对于孩子们在白天上几个小时的课感到不满足，他们就想办法让孩子们与老师共同生活几年。他们相信，与老师生活的体验是更好的"学校"。

你有没有自己心中的榜样呢？也许你心中有不止一个榜样。心中有了一个榜样，就有一种无穷的力量围绕着你，推动着你的脚步迈得更加坚实，使你的精神彻底摆脱迷茫。

一个法国人，40多岁了，离婚、失业，总之，很不得志，以致性格也变得古怪了。

一天，一个人给他看手相，对他说："你应该是一个伟人！"

"伟人？开什么玩笑，我只是个穷光蛋。"他觉得很可笑。

"不，"那人说，"你就是拿破仑再世，你的智慧，你的形体，都是拿破仑的呀，难道你不觉得？"

"呵呵，我还拿破仑呢？"他自嘲道，"我现在离婚了，失业了，甚至无家可归了。"

"那是过去，8年后你将是法国最成功的人。"那人坚定地说。

这位法国人虽然不相信这种算命，但还是对拿破仑生产了浓厚的兴趣，找来有关拿破仑的各种书籍阅读，像《拿破仑传》《拿破仑战争》《拿破仑之谜》《拿破仑全传》《拿破仑文选》《回忆拿破仑》《拿破仑远征莫斯科》等。他开始研究这位法国历史上的伟人，并向拿破仑学习。

10年后，这位法国人真的成了亿万富翁。

其实，每个人总在有意无意地与自己期望成为的人相比较，榜样对一个人的成长产生了不可低估的作用。人们总会寻找自己的榜样，并以之为参照，规划自己的理想和生活。这些榜样可能是现实中具体的人，比如优秀的同事、出众的亲人或者时代的精英，也可能是参照现实中的人在自己的心中设计而成的理想人物。榜样就是一个人的预期目标，通过一段时间的努力后，会把自己和榜样进行比较，如果接近了，会对自己的努力形成正向强化作用。

而选择什么样的人作为自己的榜样，则根据自己的愿望而定。你想成为什么样的人，就会自觉不自觉地选择相应的人作为自己的榜样。不少人总是乐于与比自己差的人交际，因为这样可以获得优越感。这的确很值得自慰，可是从不如自己的人身上，显然是学不到什么的。而结交比自己优秀的朋友，能促使我们更加成熟。

要和人相识，并不像通常所想象的那么困难，就是要结交地位较高的人也如此。

美国有一位名叫阿瑟·华卡的农家少年，在杂志上读了某些大实业家的故事，他很想知道得更详细些，并希望能得到他们对后来者的忠告。

有一天，他跑到纽约，也不管几点开始办公，早上7点就到了威廉·B.亚斯达的事务所。亚斯达开始时并不喜欢这个年轻人，然而一听少年问他："我很想知道，我怎样才能赚得百万美元。"他的表情便柔和起来。也许是钦佩他的雄心和勇气吧，两人竟谈了一个钟头。随后亚斯达还告诉他该去访问的其他实业界的名人。华卡照着亚斯达的指示，遍访了一流的商人、总编辑及银行家。

在赚钱这方面，他所得到的忠告并不见得对他有多大帮助，但是能得到成功者的知遇，却给了他自信。他开始仿效他们成功的做法。又过了两年，这个青年成为他当学徒的那家工厂的拥有者。后来他又成为一家农业机械厂的总经理。不到五年，他就如愿以偿地拥有百万美元的财富了。这个来自乡村粗陋木屋的少年，终于成为银行董事会的一员。

华卡在生活中一直实践着他年轻时来纽约学到的基本信条，即多与有益的人相结交。年轻的男女比较能直率地表达崇拜英雄的心意。可是年纪一大，就认为应该将这种心意隐藏起来。但是隐匿崇拜英雄的心意是错误的。应当与你所崇拜的人亲近，这才是良策。这不但能使对方感到高兴，而且会鼓励你，增加你的勇气。

要与伟大的朋友缔结友情，跟第一次就想赚百万美元一样，是相当困难的事。原因并非在于伟人们的超群拔萃，而是你自己容易惴惴不安。很多人失败的一个重要原因，就是不善于和有经验的前辈交往。国外一位名人曾说过:"青年人至少要认识一位通达世故的老年人,请他做顾问。"还有人说:"如果要求我说一些对青年有益的话,那么,我就要求你时常与比你优秀的人一起行动。就学问而言或就人生而言,这是最有益的。"

英雄人物不仅仅会激励我们,他们还会使难题看起来容易一些。正因为如此,英雄人物激发我们努力做得像他们一样,"如果他们能做到,那我也能"。

一个人要成功,当然需要不断地行动与积累经验,然而得到经验最快的方法,就是向一些成功者求教,请他们给你一些建议,请他们告诉你,你做对了什么事情,做错了什么事情,或让他们用他们的智慧指导你,这样比你看任何书籍都要有效。

榜样的影响可能延续到一个人的一生,可能影响到一个人的各个方面,包括心理、意志、情感、道德、品质、性格、能力、生活方式等许多方面,对一个人的成长起着重要的激励作用。你完全可以向成功人士学习成功之道,努力做出不平凡的业绩来。

读点书总会有好处

在今天这个物欲横流、充满着金钱和欲望的时代，已经没有几个人能静下心来读书了，闲暇时间不是看电视就是逛商场、上美容院、上健身馆、打扑克、搓麻将、闲聊……可一个人如果不读书，没有知识就会变得无知、粗俗，就会被时代抛弃。相反，爱读书的人懂得人生有风有雨，书是能遮风挡雨的伞；人生有险滩有暗礁，书便是明亮的灯塔；人生有山穷水尽时，书中有柳暗花明处；人生会失去很好的朋友和恋人，书却永远对你忠诚如一！

张小婷是个漂亮女孩，浑身散发着青春的朝气，美丽的眼睛和娟秀的面孔充满了灵气。小婷也是个爱美的女孩，不过她和街头时尚女孩的爱美却不一样。

那些紧随潮流的时尚元素在她的身上很少出现，那些奇怪的装扮和惹眼的彩妆也很少出现在她的身上。她一向不挂金，不戴银，素面朝天，却总是给人一种神清气爽的感觉。

小婷的穿着一向是简约大方，既不追逐新潮，也不让人觉得落伍。有人评价说她整个人的形象似乎是一篇清丽的散文，一本黑白之间透露着色彩的书。

对，小婷就像一本外表简单朴素，却蕴涵深刻的书，大家觉得她总是很难离开书。

　　小婷从小就是个爱书如命的女孩，从刚刚能独立地阅读童话开始，她就深深陷入了这个用文字和图画构建出一幅幅美妙的风景、充满了神奇的世界中。从童话到小说，当小婷涉猎更多的书籍时，她便视读书为人生的最大快乐了。

　　从儿童时代到大学，小婷不管功课多么繁忙，总会抽空看一会儿喜欢的书。在学习的间隙，其他的同学或是游戏、或是调皮、或是休息的时候，她总是沉浸在文字编织的世界之中，用眼睛做桨划开波浪，去寻找遥远的精神彼岸。

　　小婷最喜欢去的地方也是书店或图书馆。当别的女孩子正津津乐道于时尚流行，研究化妆打扮时，小婷已经坐在图书馆的某个角落，陶醉在书的世界里了。

　　偌大的阅览室内，安安静静，偶尔传来窸窣的书页翻动的声音，或读者轻轻的脚步声，反而更给这种宁静平添了一种情趣。

　　在书中，她还能听到了属于自然的一切声音：风声、雨声、浪涛声、犬吠、鸡鸣、蟋蟀叫。每当听到它们的时候，小婷都觉得这是心情最宁静的时候，耐得住寂寞，没有争逐的安闲，没有贪欲的怡然。

　　在小婷眼里，这是一种无比的享受，在文字的海洋中洗涤自己，充实自己，仿佛整个世界都是自己的，没有嘈杂，没有纷争，没有虚伪，没有疲惫，只有愉悦与惬意。

　　爱读书的人，总是喜欢写点东西。小婷也不例外，日记就是她真实心灵的坦白，是每日里最愿完成的功课。日记里盛满她的心情，是心灵憩息的小阁楼。所有的甜酸苦辣、喜怒哀乐都能在这里得到合理又合情的宣泄，最终使她归于平静、坦然。

爱读书的人，心也会有许多美丽的梦想。小婷在丰富多彩的书籍中了解到了世界的广阔，人生的奥秘——任何人都应该有所追求，即使平凡如小草，也能创造属于小草的美丽、浓绿和摇曳的身姿。

美妙的书籍把小婷引向有花鸟树木、蓝天白云、繁星明月的地方，那永不失去的梦想更是她生活中的一首诗、一幅画、一段遐想、一片心境、一点安慰、一些希望。

人说"熟读唐诗三百首，不会作诗也会吟"，小婷阅书千万卷，日记也记了好几十大本，每当有所意会和感悟，她就随意写下，投寄出去，偶尔发表，便得到一份额外的惊喜。

这些本来是平时的爱好和兴趣，是"无心插柳"的事，可毕业时却都派上了用场。小婷在毕业前夕找工作时，多家报社看中了她曾经发表过的作品，并很欣赏小婷身上的那种优雅而灵动的气质，欣然向她伸出了橄榄枝。

当其他的同学还在为找工作奔波，甚至焦头烂额时，小婷则在欣喜之余感激书籍带给自己的优势，为自己有这样的兴趣和爱好而欣慰。

在这个浮华烦躁的世界中，我们不妨也像小婷一样，抛开无谓的烦恼，拿起书本，投入那多彩的世界中去，让心灵得到净化，让头脑得到充实，为未来的一切做好知识储备。

知识是你永远的朋友

无论时代如何进步，知识始终都是支撑时代发展的重要动力。所以，世界上没有一个国家敢轻视知识的作用，因此才会有"国家要进步，教育先行"的至理名言。对于我们个人而言，要让自己在短时间之内取得快速的进步，唯一的办法就是学习知识，并使之转化成能力。

没有知识的人很难在社会上立足，因为他们无法做到与社会同步发展，所以，无论在什么时候，学习都是我们生存的重要环节。当你学到了让自己生存的本领，你就可以很好地发挥自己的才能，为自己赢得生活的资本。

现实生活中有许多人都是这样一步步走出来的。

王振如今是一家实力雄厚的皮革制造公司的总经理，但是，如果告诉你他其实是一个只有初中文化水平的人，也许你会怀疑。那么，他究竟是如何做到今天的位置上的呢？原来，他初中毕业后迫于生计到了一家皮革厂打工。上班第一天，王振就被种类繁多的皮革弄得发晕，在家乡只见过牛皮、羊皮的他似乎第一次明白世界上还有这么多种类的皮革。因为公司转型不久，大家都没有什么经验，皮革发僵、变硬、破损等问题经常出现，影响工期，还经常要返工。怎么办呢？晚上回去躺在床上，王振辗转反侧，最后，他想到了书。

第二天一下班，他就奔到书店买了一本《皮革加工 1000 问》，书的价格是 40 元，相当于王振一周的生活费。晚上，他惊喜地发现，几乎所有的问题在书里都有详细的分析、说明。他索性不睡觉了，爬起来，找了一块木板，开始做试验，就这样一直忙到天亮。于是，第二天上班，两眼通红的他解决了一个又一个难题，而且讲出一套套理论，同事们看着显得有些亢奋的他惊奇不已。第八天，他被任命为厂里的技术骨干。

一旦钻研起来，王振发现即使就皮革来讲，知识也非常庞杂，需要继续学习。相关的书很贵，他就每天去书店蹭书看，每天都看到书店关门。有时候他会捧着书在厂里待到很晚，反复地看书、试验。后来他又自学了电脑。机遇总是留给有准备的人，学完电脑没多久，公司要调一个人到写字楼工作，有一个前提就是会电脑操作，王振顺利入选。新的挑战随后开始，王振被任命为客户代表。一个多月时间里，王振没有签到一个客户。巨大的压力笼罩着他。但他相信知识可以救自己，他总结后认为，一是因为自己和人打交道有问题，见到女客户甚至会脸红，表达能力不好；二是因为自己知识面不宽，与接受过高等教育的客户们缺乏共同语言，而且不能把握高学历人群的需求和心理。

于是，他狂补社交礼仪、演讲口才、顾客心理、营销策略等方面的知识，一个月之后他见客户不再紧张了，知识给了他自信。在随后的 6 个月时间里，他签下了 450 万的单子，名列公司第一位。

因为在每个岗位都能胜任，王振逐渐受到重用，先后担任技术监理、销售部经理、客服中心总监等职务，他开始阅读《现代人力资源管理》之类的管理类书籍，同时开始为公司员工编写培训教材。

作为高级技术人才调入公司领导层的王振目前仍然是初中学历，他笑称自己是写字楼里学历最低的人。不过他的下属都很佩服他，他们说，王总相当专业，也很健谈。8年的时间，他改变了自己的人生，凭借的是书籍和渴望知识的心。

学习任何知识都有助于你能力的增长。尤其是在现在的社会环境中，有用的知识有助于你保持与社会的统一步伐，并不断超越时代发展的要求，成为时代的宠儿。

每天进步一点点

没有人出生时就是天才，所有的人都是在生下来之后一点一滴地积累着知识，我们所说的天才只是说他们的思维和记忆能力比一般人更强一点。但是，他们也需要在生活的过程中逐渐积累知识，只是在积累的过程中能比他人更有效地从所得的知识中提炼出所需的知识，这就是天才和我们一般人的区别。学习任何知识都不能急于求成，一点一滴地在实践中慢慢积累，我们终究会获得达到质变所需要的知识。

李小和吴华毕业于同一所大学的中文系，在一次研讨会上，毕业五年后的他们又见面了。老友相见，自然惊喜万分，叙了一番哥们儿情谊之后，话题转到了事业上。在校时没有发表几篇文章的吴华拿出来几本自己的文章的剪贴本给李小看，说："我准备联系出版社，出一本自己的文集。"在校时才华横溢小有名气的李小一下子感到了失落，他自惭形秽地说："你怎么写了这么多的精品文章出来？"

原来，吴华在毕业前夕，因为文章一直没有太大的长进，于是跑到系里的一个教授那里请教为文之道。

"其实这没有什么深奥的秘密，你只要天天练一练，仔细观察生活，一点一滴地积累，每天进步一点点就行了。"教授意味深长地说。

毕业后，吴华按着教授说的话来做，天天练一练，仔细观察生活中的人和事，日积月累，不知不觉，文章越写越多，发表在报刊上的也越来越多，累加起来就成了今天这个样子。他毕业几年，虽然工作、生活并不是太顺利，但也不忘寻找生活中的感动，酝酿下笔成文，现在有多家报社编辑经常向他约稿，这让他感觉生活倒也很有情趣。

吴华原来的文气本不如李小，但他按照教授的教诲，每天限定自己一定要超越自我一点点，潜移默化中，以量变引起质变，最后取得了成功。事实上，生活中只要我们坚持每天一点一滴地积累知识，我们自身的潜力一定会逐渐被挖掘出来，从而在激烈的竞争中脱颖而出。

卡洛·道尼斯最初为杜兰特工作时，职务很低，但现在已成为杜兰特下属一家公司的总裁。他能如此快速升迁，秘密就在于一点一滴地在工作中实践，一点一滴地积累。

他说："在为杜兰特先生工作之初，我就注意到，每天下班后，所有的人都回家了，杜兰特先生仍然会留在办公室里继续工作到很晚。因此，我决定下班后也留在办公室里。是的，的确没有人要求我这样做，但我认为自己应该留下来，在需要时为杜兰特先生提供一些帮助。"

每天提前积累一点，当别人还在考虑当天该做什么的时候，你就已经走在别人前面了！想要成为一个成功者，就必须树立积累知识的观念。那些看似无关的知识，因为我们的积累，最后总是会发挥它的作用。

一点一滴地积累，也许从表面上看没什么，而事实上，你每天都在进步。如果把所有的一点一滴加起来，你的潜力得到发挥，你也就会获得巨大的成功了。

当然，在我们每天的努力过程中，也并不是漫无目的的，我们需要从自己的人生蓝图出发，想想我们 10 年以后将会是什么样子。换言之就是预想我们将积累多少财富，生活水准将达到什么样的标准，我们将与什么样的人在一起共事，将处于怎样的社会地位等等。这些都是我们需要努力的方向。

如何实现这些设想呢？这都要通过我们每天进步一点点来获得。如果你不相信自己，不妨试想一下闻名世界的美国科罗拉多大峡谷，平均深度为 1.6 公里，宽约 6.25 公里，长约 349 公里，没去过那里的人们难以想象它是由一条静静地如游丝般的河造就的。据考证，在六百万年前，科罗拉多河第一次流过，那时的科罗拉多还是高原。然而在这条丝带般河流的冲蚀下，到了一百多万年前，已经出现了一个深 15 米的科罗拉多峡谷，但那时，它最多也只能算一条深沟。又过了许多年，还是那条河，却已经成为举世闻名的科罗拉多大峡谷了。

这说明了什么？一条静静的河能够造就一条深 1.6 公里的大峡谷，这也是靠它每天积蓄的力量逐渐冲掉一些泥沙所形成的，经过一百多万年的积累，终于让我们看到了一个大自然鬼斧神工的杰作。

人生中有的事可以在最短的时间内完成，但是，很多事却只能通过一点一滴地积累才可以完成。所以，我们需要在实践中慢慢积累自己想要的知识，等待量变达到最终的极限。

让自己拥有核心竞争力

尺有所短，寸有所长。每个人都有自己善于做的事情，也都有自己的强项，如果能对自己擅长的强项苦心经营，就会强上加强，形成自己的核心竞争力。

很多人之所以失败，是因为他们不清楚自己的强项在哪里，没有自己的核心竞争力。他们常常用自己的短项去跟别人的长项竞争，这样，先把自己放在了弱势地位，又怎么能够脱颖而出呢？在这个人与人竞争激烈的时代，要想胜出，取得成功，必须要有自己的两把刷子，要有自己的过人之处，

所以，成功的关键因素之一是经营自己的强项，并倾尽全力，将自己的强项发挥到极致——强上加强，这才是通向成功之路的捷径。

而现在又有多少人，在干着自己不愿意干的事情，或在自己的弱项里跋涉徘徊，甚至有的人长时间在黑暗中摸索，久而久之，长项变成了短项，优势也变成了劣势，没有与众不同的地方，不知道自己的长处在哪儿，人云亦云。就像小猫钓鱼，一会儿捉蜻蜓，一会儿捉蝴蝶，从不集中精力到一个强项上，终会一事无成。

也有的人虽然天资平平，但能够勤奋不辍，能够集中思维、坚持不懈地发展自己，到最后取得了令人惊叹的成就。清朝名臣曾国藩就是一个例证。

据说有一天晚上，少年曾国藩在家中读书，一篇文章他也不知道重复读了多少遍，就是无法背下来。这时有一个小偷悄悄潜入了曾国藩家里，他希望曾国藩早点睡觉，以便自己行窃。可是小偷左等右等，只听曾国藩没完没了地一遍遍重复朗读那一篇文章。最后，小偷勃然大怒，说："此等水平还配读书？"然后，将文章快速背完一遍，大摇大摆而去。

俗话说："勤能补拙是良训，一分辛苦一分才。"小偷倒是很聪明，肯定至少要比曾国藩聪明，但他只能做贼。最后，曾国藩通过日积月累，积少成多，奇迹就这样被一点一点地创造出来。他在二十多岁中了进士，最终成了清朝最有影响力的人物之一。

人类在大自然面前，同样也遵循"适者生存，不适者淘汰"的法则。就好像一个国家，要想在国际上有发言权，就必须有自己的撒手锏。我国在 20 世纪率先研究出来的原子弹就是一个铁证。作为一个企业也是如此，要想在经济飞速发展的今天占有一席之地，就必须具有自己的核心竞争力。同样，人也是这样，要想脱颖而出，就必须具有自己的强项，自己的核心竞争力，这是每个正常人都必须面对的问题。

如果一个人能把自己的精力集中于自己的事业，长时间地在自己的长项上下功夫，终会大有收获，最后的结局会令那些自以为是的人目瞪口呆，甚至匪夷所思。其实这里面没有什么奥秘可言，关键在于，你的长项打造成了核心竞争力，它是你独有的本领，是难以被竞争对手效仿的，也是常人难以做到的。

当然，一个人不可能把所有的事情都做好，关键是要拥有属于自己较为独有的核心竞争力，并保持一定的再学习能力，来确保和强化自己的强项向更好的方向发展。

把优点变成你的闪光点

　　每个人都有自己的长处，也都有好的一面。每个人的好在不同的方面，即每个人都有自己的闪光点，闪光点如种子，如果辛勤耕耘，总有一天会成长为参天大树。每一个自然人，要善于在自己身上找到闪光点，再用放大镜放大一下，让自己看到希望，然后再努力拼搏。

　　法国作家小仲马在成名前，没有一技之长，他被叔叔介绍到议价公司工作，公司主管却对他失望透顶。下面是他们两个人之间的对话。

　　公司主管："您的叔叔介绍您到我们这儿工作，我们很高兴地欢迎您。但您有什么特长呢？"

　　小仲马："我没有发现自己有什么特长，但我想我能干好一份工作。"

　　公司主管："你会财务吗？"

　　小仲马："那些数字是我最讨厌的了。"

　　公司主管："那你会不会管理公司呢？"

　　小仲马："我在这方面没有任何经验。"

　　公司主管："你会不会销售呢？"

　　小仲马："我最怕和别人打交道了。"

......

公司主管一下子目瞪口呆，他什么也不会，近乎白痴一个。因碍于小仲马叔叔的情面，他拿了一张纸叫小仲马写下联系方式，说过一段时间再通知他。

小仲马拿着笔刷刷地写下了几行字，公司主管看了小仲马写下清秀、有力的几行字又惊呆了："小伙子，你有自己的闪光点，你写的字真漂亮！以后可以多写一些东西呀！"从此，小仲马充分发挥自己的优势，苦心开拓文学领域，并最终成为和他父亲并驾齐驱的大文豪。

唐代大诗人李白曾经说过："天生我才必有用。"我们每个人绝不可能一文不值，每个人都有自己的长处，哪怕是一个傻瓜。只要我们用心，就一定能找到属于自己的一片天地，至于能播种什么，要靠自身的特点来决定。一分耕耘，一分收获，只要我们播种了，付出了，就一定会有自己的好收成。

作为成人的我们来说，每个人都应该清楚自己的长处所在，并且知道自己该如何发挥它，并知道不能做什么，这些都是我们人生持续学习的关键，所以，我们要善于发现自己的长处和闪光点。当我们只注重别人的时候，不妨转一个角度，将注意力集中到自己身上，或许就会看到自身也有可贵的亮点。这就需要我们平时把握住生活的每一个细节，瞪大眼睛去观察。

如果我们想脱颖而出，不想永远做一个平庸之辈，就一定要充分发扬身上的优点。当到达了一定程度，能令别人忽视掉你的弱点，你就会变成一个相对有成就的人。例如，善于绘画的人说不定会成为未来的艺术工作者，甚至是有名的画家；善于唱歌的人说不定会成为一位音乐工作者，甚至是著名的歌星……总之，我们要根据自身的特点来最大限度地发挥潜能。就好像学生，其实每个学生都是一座宝库，只要做老师的善于发掘，就一定会发现他们的光彩，使他们走向知识的殿堂，使他们的知识渊博起来。

如何发现自己的亮点呢？对于一个神父或牧师来说，当作一件重要事情的时候，他们必须在事前写下预测的结果，几个月，甚至更长或更短的时间内，他们会将实际结果与预测结果进行比较分析。这样做的目的就是他们自己会很快明白，他们在哪一方面做得好，他们的长处在哪里。同时，他们也知道了自己不能做或不擅长的事物。有很多人遵守了这个规则几十年，能够显示出一个人的长处。它的结果对个人发展而言是至关重要的，同时还能知道在哪方面应该改进和提高，清楚以后自己应该怎么去做，哪些事情不适合做等等。当我们在行动时，也应将自己的长处和打算如何克服短处的步骤列出来，以想尽各种办法改进。

俗话说："没有金刚钻，别揽瓷器活。"要想成为一个拥有金刚钻的人，就一定要勤奋修炼。一般人的智商相差无几，在同等条件下，唯有勤练才能获得生命的厚重，也才能达到更高的境界，真本领是靠汗水修来的。

所以，我们要勇于发现自己的长处，客观地审视自己，将注意力集中到长处上，并把它充分发扬光大。这样做可以发现自身的缺陷，将自己纳入正常轨道上来。然后去做我们最擅长的工作，结果一定会带给我们意想不到的惊喜。因为，我们抓住了自己的长处，并由于我们充分发挥了长处，从而一步步迈向了成功。

读好现实这本书

南怀瑾说过，世界上有两本书，一本是现实的无字书，一本是订成本本的有字书。人在小的时候，读的通常都是有字书，但随着年龄的增长，就学会看无字书了。学习了无字书，人就能够独立地去生活，去创造了。

南怀瑾所说的有字书和无字书，源于孔子所提倡的"夫子之文章，可得而闻也；夫子之言性与天道，不可得而闻也"。其实，人多读有字书的目的，就是为了更好地理解现实的无字书。

中国有一句古话，叫"实践出真知"，意思是只有经过实践的检验，知识才能成为真正的知识，成为你的能力。大到关系国家命运的事件，小到个人的生活小事，"实践出真知"都是极其正确的。

在我国春秋战国时代，有一位擅长做车轮的能工巧匠，他的名字叫轮扁。

一天，齐桓公在殿堂上读书，轮扁在堂下削削砍砍地做车轮。齐桓公读书读到妙处，不禁摇头晃脑、口中念念有词，很是得意。轮扁见桓公这样爱书，心里觉得纳闷。他放下手中的锥子、凿子，走到堂上问齐桓公说："请问，大王您所看的书，上面写的都是些什么呀？"

齐桓公回答说："书上写的是圣人讲的道理。"

轮扁说："请问大王，这些圣人还活着吗？"

齐桓公说："他们都死了。"

于是轮扁说："既然这样，那大王您所读的书，不过是古人留下的糟粕罢了。"

齐桓公一听轮扁这样说，很是扫兴。他拉下脸对轮扁说："我在这里读书，你一个做车轮的工匠，怎么可以妄加议论呢？你说圣人书上留下的是糟粕，如果你能说出道理来，我还可以饶了你；如果你说不出道理来，那就罪该处死！"

轮扁不慌不忙地回答齐桓公说："我是从自己的职业和经验体会来看待这件事的。就说我砍削车轮这件事吧，要是榫松了，就不牢固。榫头虽然打进去了，但很快就会滑脱出来；要是太紧了，榫头就打不进去，或者干脆打坏了材料。只有不松不紧，才能得心应手，制作出质量最好的车轮。由此看来，削车轮也有它的诀窍的……"

轮扁的话还没有说完，齐桓公就听得不耐烦了。他大声呵斥轮扁道："削砍车轮哪有什么诀窍？你不要啰啰唆唆说那么多，反正你说不出令我满意的答案，我就会处死你。"

轮扁没有被齐桓公的话吓倒，他不紧不慢地接着说："你说没有诀窍，那我为什么比别人做得快、做得好呢？而且做起轮子来总比别人从容不迫呢？这当中的窍门是实实在在的。可是，我只能从心里去体会而得到，却难以用言语清楚明白地讲授给我儿子听，因此我儿子便无法从我这里学到砍削车轮的真正技巧。我可以告诉他这诀窍是什么，但我说出的诀窍已不是什么诀窍了，因为做这门手艺的工匠都这么说。大家都能说出的诀窍，算什么诀窍呢？我已经70岁了，做了一辈子的轮子，但还得凭自己心里的感觉去动手砍削车轮。古人那些不可言传的诀窍，都随着他们死去了，我的诀窍是我切身操作体会出来的。由此可见，古代圣人心中许多只可意会、不可言传的知识精华已经随着他们死去了。既然这样，君王忘记自己现实的操作，却整日从古人的言论中寻求治国秘方，所能得到的当然只能是一些肤浅粗略的东西了。"

齐桓公默不作声，心里觉得轮扁说得实在有理。

常言道："尽信书不如无书"，在一定情况下确实如此。书本给出的规范，总是一些抽象的定律和原理，而具体的生活情境却无限复杂，用知识指导生活，把书本知识转化为实际能力也需要诸多创造性的中间环节才能有效实现，否则，知识的规范将使人手足无措。

中国民间有个笑话，讲的是秀才过河沟。如何跳过小河沟？秀才翻开书本，只见书上写道："单脚起，双脚落，一跃而过。"秀才按此实践，却掉进了小河沟里。

这正是人们对"书呆子"的嘲讽，在今天的现实生活中，这个笑话仍然很有现实意义。

人活在世上，实践经验是很重要的，因为它不但是产生理论知识的源泉，而且有些精深的技艺是难以从书本上得到的。当然，忽视书本知识，排斥间接经验，盲目地将书本知识一概视为糟粕的观点，也是不可取的。

第四章
放下你的负担，让自己勇敢起来

　　每个人身上都有这样或者那样的压力。有时候，压力并不是坏事，因为它能带来动力。但很多时候，压力会让一个人的心态扭曲，变得自卑、消极。究其原因，还是因为我们不会排解自己内心的压力。而当你放下心中的负担之后，你会发现，所有的困难也不过是纸老虎而已。

放下你的心理负担

第四章
放下你的心理负担：来处理与自责，阻碍前进的步伐

有人说，阻碍凡人成为英雄的，有时候不是摆在面前难于逾越的大山，而是存在于鞋子里的一粒小小的沙子。砂粒和大山比起来显得渺小无比，但是却同样能阻碍人的脚步。能阻碍行人脚步的不仅仅有沙子，有时候更多的是那些要跨越大山的人肩上的包袱太重，过多地消耗了本用来爬山的精力。和梦想跨越高山、达到福祉之地的人们一样，成功是属于那些放下包袱，将力气放在攀登上的人们。

20世纪70年代，法兰克由于家境贫寒上不起学，他只好去芝加哥寻找出路。在繁华的芝加哥城转了好几天，法兰克也没有找到一处容身之所。当他看到大街上不少人以擦皮鞋为生时，他决定用身上仅有的一点钱买鞋刷。半年后，法兰克觉得擦皮鞋很辛苦，而得到的报酬非常少。

他用擦皮鞋挣来的一点积蓄租了一间小店，边卖雪糕边给别人擦鞋。雪糕生意远远比擦鞋好多了，接着他又在附近开了一家小店，同样卖雪糕。谁知道雪糕的生意越做越好，后来他干脆不擦鞋了，专门卖雪糕，并把在乡下的父母接到城里给他看雪糕摊，还请了几个帮工。

摊子越来越多，生意都很好。现在，法兰克决定开设自己的

雪糕工厂，还给雪糕起了一个名字"天使冰王"。法兰克的雪糕已经稳居美国市场的领导地位，拥有全美 70% 的市场，在全球 60 多个国家开设了超过 4000 家专卖店。

福斯特也是一个美国的年轻人，跟法兰克几乎同时到达芝加哥。福斯特的父亲是一个富有的农场主，农场主送自己的儿子去上了大学，还读了研究生，他希望自己的儿子能成为一位大商人。在法兰克拿着刷子在大街上给别人擦鞋的时候，福斯特正住在芝加哥最豪华的酒店里进行自己的市场分析。耗资数十万，经过一年多时间的周密调查和精确分析，福斯特得出结论：卖雪糕。而法兰克此时已经拥有了数家雪糕专卖店。

福斯特将结论告诉了自己的父亲，老农场主差点晕倒，他怎么也想不到，读研究生的儿子居然浅薄到卖雪糕的程度。在父亲一顿训斥之后，福斯特再次对市场进行精确的调研，结果他还是觉得卖雪糕是个好主意。可是他无法说服父亲为他投资，因为父亲认为卖雪糕是个不体面的事情。在父亲的一顿顿训斥后，福斯特没能争取到这次机会。一年后，福斯特发现法兰克的雪糕店已经遍布美国。

很多人都被困在思想的迷局中，那种不满于现状以及现实和愿望之间难以超越的问题都来自自己的主观。要达到生活和意志的同步，是一个简单的问题，只能停止思考，沉入感觉，在不可知的未来与表象中生存。

我们的思想总是沿着习惯性的法则去解决问题，这种过于主观的判断需要等待一种力量的爆发。我们不断地为自己的判断寻找证据来证明自己的思想是正确的，这种过于主观的行为，很可能让一切止于空想，止于可能性的问题。

人的思想是非常局限的，而且很容易受别人的影响。所以不要背上思想的包袱，勇敢地去行动，去经历。要明白自己不可能不经历失败和徘徊，人生旅途上有风雨也有彩虹，这也是不可避免的经历和人生体验。它们会把我们人性的弱点暴露出来，可正是这样才能让我们拥有真正的人间智慧，这一切都是我们走向成功的法宝。

事情要分轻重

从严格意义上讲，琐事是由很多的小事连锁组成的，而它通向的往往是一个很小的、无足轻重的目标。犹如我们要在晚餐中做一道工艺很复杂的菜肴，要通过几道、甚至十几道工序，很长的时间才能完成，但它的终极意义仍不过是一道菜。从这个事例引申开去，如果你晚上还要去做一个很重要的计划，或者要完成一篇急用的稿件，因为做菜花费了很长的时间，影响了你重要事情的完成，就是因为琐事耽误了大事，也给你的心理造成一定的压力。

有一次，卡耐基主持关于怎样区分大事与小事的关系的演讲。面对诸多听众，他在演讲桌底下拿出一个广口玻璃瓶，放在桌上盛满拳头大小石块的浅盘旁边，说道："让我们做一个小小的实验，你们认为这个瓶子能盛多少石块呢？"

人们做出各种猜测后，他说："好吧，让我们找出答案。"

他把一个又一个石块放入瓶子之中，人们也记不清他总共放了多少石块，总之，最后瓶子装满了。这时候他问："装满了吗？"

人们看着瓶子说："是的，装满了。"

他说："是吗？但我还能装进去东西。"

他说着又从桌子下面拿出一些小卵石，然后把小卵石放入瓶中，摇晃了一下瓶子，让小卵石进入石块之间的缝隙中。这时候他笑了笑，再次问大家："装满了吗？"

这时候人们似乎明白了他想说明什么了，说道："可能还没有装满。"

他回答说："很好！"说着从桌子底下又拿出一盆沙子，他开始倾倒沙子，沙子进入了石块和卵石的缝隙。他又一次问道："现在装满了吗？"

人们叫道："没有！"

他说："好极了。"他又从桌子下面拿出一大罐水，向里面倾倒，大约倒进了一升水，然后问道："好了，你们从中领悟到了什么？"

人们说："时间是有缝隙的，只要你努力，总能在生活中挤出更多的时间，插入更多的事情。"

卡耐基却说道："不，最主要的并不在这里，要点是：如果你不将最大的石块先放进去，还能把所有其他的都放进去吗？"

卡耐基的例子生动地说明了在生活中做一切事情时，必须首先分清什么是大事、小事和琐事，大事好比是石块，小事如同卵石，而琐事就是沙子和水，如果先将卵石、沙子和水放进瓶子中，大石块必然会被拒之瓶外。

但人终归不是完人，每个人都会有失误的时候，如果你在操作一件大事时被琐事缠绕，如果你在现实中真的发生了因为琐事而耽误了大事的情况，又该怎样缓解心理上的压力呢？

我们在做一件大事以前，首先要处理的就应该是这些生活中的小事和琐事。有人下过这样的定论：连小事都做不好的人，还能去办成什么大事吗！言论虽然有些过激，但它在一定程度上的确说明了一个问题，就是处理好生活中小事和琐事的重要性。

但是，我们所面临的生活琐事是无穷无尽的，只要你生存在这个世界上，它就会让你无休止地、重复地去做，几乎是时时刻刻在你的心理上造成或大或小的压力。作为一个聪明人，要善于处理好这些琐事，能从这些琐事中摆脱出来，不受这些琐事的困扰，而专心致志地完成工作或者事业上的大事。

哈斯从小长在乡下，是一个家庭观念很重的人，为了使家庭生活过得更好，他用了一年的时间在城里学到了一门厨师的手艺，但当时因为没有找到适当的工作，只好又回到了乡下。

有一天，一位城里的朋友给他捎来口信，说城里的一家大酒店正在高薪聘请一名厨师，要他马上赶去报名应聘。但此时此刻的哈斯却在家里忙得不可开交：地里的庄稼还没有收完；树上的果实还没有收获；几头牛越冬的草料还没有备足等。

于是他不分日夜地苦干了三天，将这些事情全部做完了，才匆匆忙忙地赶到城里，但可惜已经时过境迁，那家酒店已经聘用了其他厨师，他只好又回到了乡下。整整一个冬天，哈斯都是带着极大的心理压力待在家里，错失了一次到城里赚钱的良机。

因为家庭的琐事，影响了大事，没能实现目标，无疑是令人遗憾的，这样的人虽然不能说就是愚蠢的人，但无论如何也不是聪明的人。

我们尊敬和佩服的人，应该是那些善于从烦琐的小事中走出来，不被那些小事迷惑住眼睛的人。所以说做任何事情时，都要分清的大小轻重，抓住重点，按规律、分层次地去做，并在运作过程中不断放松自己、缓解自己、放下包袱，消除压力，最终必能靠自己实现成功的愿望。

压力必须得到化解

在工作中难免会遇到这样或那样的事情，因此而产生无形的心理压力。我们常常认为压力是外来的，一旦碰到了不如意的事情，就认为那是压力。实际上，压力是一种认知，是在个人认为某种情况超出个人能力所能应付的范围时产生的。这就要求我们对压力有个正确的认识，一个人能否顺利应付压力，取决于他对压力的认识和态度。

下面就让我们来看一则关于沙丁鱼的故事吧。

西班牙人爱吃沙丁鱼，但在古时候，由于渔船窄小，加之沙丁鱼非常娇贵，它们极不适应离开大海之后的环境。所以每次打鱼归来，那些娇嫩的沙丁鱼基本都是死的，这不但影响了沙丁鱼的食用味道，而且价格也差了好多。为延长沙丁鱼的活命期，渔民想了很多办法，但都不尽如人意。后来渔民想出一个法子，将几条沙丁鱼的天敌鲶鱼放在运输容器里。沙丁鱼为了躲避天敌的吞食，自然加速游动，从而保持了旺盛的生命力。最终，运到渔港的就是一条条活蹦乱跳的沙丁鱼。

从沙丁鱼的例子中，我们可以看出，适当的竞争犹如催化剂，可以最大限度地激发人们体内的潜力。当人们感受到压力存在时，为了能更好地生存下去，必然会比其他人更用功。

麻省理工学院曾经做过这样一个试验：用一个铁圈把一个成长中的小南瓜圈住，以便观察南瓜在生长过程中要承受多大的压力。第一个月测试的结果是南瓜承受了500磅的压力。第二个月，测试的结果是南瓜承受了1500磅的压力，这个结果完全超出了原先的估计。等到第三个月时，测试的结果简直让大家目瞪口呆，这个小小的南瓜竟然承受了3000磅的压力。当充满好奇心的试验人员打开这个不同凡响的南瓜的时候，发现南瓜被铁圈箍住的部分充满了坚韧牢固的纤维层，而且南瓜的根系也伸展到了整个试验土壤。

一个小小的南瓜为了冲开铁圈的束缚，尚能够承受如此巨大的压力，并且积极地把压力转化成生存的力量。其实，大多数人都能够承受超出他们想象的工作压力，因为他们本身就拥有比自己想象中大得多的潜能。

处在各种压力之下，也要善于调整自己的心态。压力是阻力，但压力也是提高自身能力的催化剂，如果你在面对压力时一味地害怕、困惑，那就很容易被压力打垮，但如果采取了积极的态度去面对，最后就会发现，其实压力也没什么大不了的。

据调查，目前有80%以上的上班族认为自己缺乏职业安全感，担心失业、觉得工作不稳定、缺少归属感、对工作前景感到忧虑、在工作中经常被挫伤自尊心等。这些无形的工作压力会在人的生理和心理方面引起各种不良反应，容易使人产生头痛、失眠、消化不良、精神紧张、焦虑、愤怒以及注意力不集中等症状，严重的还会有抑郁症的征兆，如孤僻、绝望，甚至自杀等。

工作中有压力是正常的，在日常工作当中，每个人都会或多或少地遇到各种压力。既然压力是不可避免、又不可消灭的，那么就要学会自我减压，使压力保持在我们能够承受的限度之内，不要发生"水压过大，胀爆水管"的可怕事故。要化解压力，就要不断为自己设定目标，自我加压。

　　压力，是成功者的试金石。诸如，在职场上的竞争、忙碌会给人以无形的压力，有些人被压垮了，有些人却可以把压力变成燃料，从而让生命更猛烈地燃烧。优秀的人不但能够承担来自各个方面的压力，还能够在环境相对轻松的时候给自己"加压"。聪明的人总是在自己的背后放一根无形的鞭子，让自己在工作过程中的每一秒都处在适当的压力下，这样才有一种紧迫感，才能在工作中保持始终如一的韧劲儿。

豁达一点，你就不再忧伤

忧伤是以恐惧为基础的一种心理症结，长期而缓慢地发展，能逐渐吞噬掉一个人的理解力，毁掉自信与创见。由于害怕失去，而致使自己失去更多。长期压抑造成的消极心理，会成为自身思想的毁灭者。

人的一生，道路是曲折向前的。在任何时期，成长的任何环节上都会出现意料之外的事情。面对别人的误解、歪曲，甚至是非的扭曲，对我们的精神、情感都会造成不可忽视的压力。既然事情的发生是不可避免的，那我们对其的反应就是问题的关键。要想使自己的人生获得成功，减少心灵的压力，就必须培养良心的安宁，尤其是需要豁达乐观的心态。

佛说："人痛苦的根源，在于他的欲望，欲望越多的人，其痛苦也越深。"

换而言之，人忧伤的根源在于他的心态。胸襟豁达的人，忧伤的压力会不攻自破。

造成忧伤的心理压力有很多，比如工作不顺、感情受挫、疾病困扰、家庭破裂等。无论哪种原因，我们内心受到的伤害是一样的。如果被谨小慎微的处事方式笼罩，甚至不知所措，会感到上司对自己的压力加重。郁结于心，忧伤也就一点点地占据了自己的整个思维领域，每天睁眼的那一刻，便是阴云一片。怕面对，怕遭到批评，长此以往，自己的思想和行为完全被恐惧摧毁了。每天头脑中最关键的问题就是，我今天会受到批评吗？试想在这种心态下，如何能够把自己的才华展示出来？也许上司不是针对自己，在这种极端的心态下，也会一股脑地承包下来，陷入"我犯了怎样的错"的忧伤中去。

我们不妨转换一个角度思考问题，这样，在你的头脑中问题就会产生大不相同的结果。

比如受到上司的批评，大多会心情不悦。但如果从一个恐惧的"我怎么做错了？我应该怎样做"的忧虑纠缠中走出来，换成另一种想法："原来领导对我的工作这么关注，我一定要做得更出色，让他心悦诚服。"有了这种不自觉的意识，便会主动接近上司，通过与他的交流获得自己想要的信息，更可以通过与其交流，获得相互了解，促进工作融洽。同一事因，两种不同的态度，其结果相差之大可见一斑。

拥有豁达的胸襟，包罗万象的气魄，没有任何事物能够阻挡你前进的步伐。面对事物要用积极的心态去面对，因为我们并不能从失望导致的忧伤中获得益处，要有勇气面对挫折，不要让自己总徘徊在委屈忧伤的阴影之中，顾影自怜。

人事部经理在离职之前，曾向公司推荐卡沙代替自己的职位，但最终坐在这个位置上的人却是乔治。有人为卡沙感到不平，毕竟乔治无论从资历还是从学历、水平上来说，都比不上她。而且，在这之前，公司里几乎人尽皆知卡沙要升任人事部经理。事情突然发生变故，令卡沙脸面何存啊。但卡沙却笑着说："其实乔治有许多优点，活泼好学，聪明伶俐。"在工作上，卡沙非常配合乔治的安排。

乔治从第三者口中听说了这件事后，非常感动。约三个月后，乔治因为移民去英国，在辞职之前，隆重地向上司推荐了卡沙。乔治对上司说："卡沙是个坚强、豁达的女士，她的乐观和积极是一笔难得的财富。而且，她还具备了善良、顾全大局的美好品德。她是个最合适的人选。"

下定一个决心，生命里的每一样东西都不值得忧伤，只值得思考。靠自己成功，用豁达化解忧伤，你思想的升华与快乐就会随之而来，它会把无端的压力逼退。

在奋斗中寻找快乐

人应该为自己的每一次进步感到欣慰。因为我们天生就潜藏着这种进取本能,相信改造全世界最重要的一个人就是自己。人类的天性就是寻求快乐,其实我们要求自己树立勇气、培养自信、消除压力的最终目的都是让自己内心充满快乐。那么,就相信自己吧,并为超越自我的每一个小小进步表示祝贺。

瓦希·杨是一个从默默无闻和穷困走向富有而著名的人物。一次在广播访谈节目中,他把自己的故事告诉卡耐基,这时候他已经是全美最成功的保险推销人之一,也是世界上收入最多的推销员之一,他还写了五本书,其中四本成为畅销书。

杨说到他过去很贫穷,没有受过教育,他说他曾经想从旅馆的窗口跳出去自杀:"我喝了很多威士忌,想鼓足勇气跳出窗子。但是我喝得太多了,忘了去跳窗。第二天早上醒来,我的情况更狼狈。"

这使杨重新评估他的生活。他对自己说:"假设你有一天去制造冰激凌的工厂,结果你发现它没有生产出冰激凌,而竟然生产出碳酸来,那你要采取什么措施?瓦希·杨,你有一个思想的工厂,它在你心里面。你拥有这家工厂,你可以主宰这家工厂。但是你主宰这家工厂了吗?我让这家思想工厂乱成一团,我的思想工厂生产一些废物，生产忧虑、畏惧、羡慕、愤怒、自怜、自卑、哀愁、不快乐和贫穷。我不要这些废物，没有人要这些废物。"

"做了自我的敌人之后，我又转为自我的朋友。我突然认识到，改变想法就可以改变我的生活。"要赢得这场战争并不容易。杨决心要培养九种品质：爱、勇气、愉快、活跃、怜悯、友善、慷慨、容忍和公正。他常常得抗拒那些他不想要的想法。"我的做法是，"杨说，"对着我不想要的想法大声争辩。我把这种情形当作一种竞赛，一发现羡慕或畏惧的想法又悄悄爬进我心智的大门，我就立刻会说：'你去跳河吧。你在过去曾经毁了我的生活——现在滚开，不要再来！'"

每次杨战胜了一个小困难后，便会特意奖赏自己，他会去买瓶威士忌，再自己弄个中国小菜，然后慢慢品味着美酒和将来。如果发现因为改进了缺点而使工作或事业有了进步，他会犒赏自己到酒吧去听音乐。杨在进取中体会快乐，他觉得生活是美好的，生命是美好的，工作也是美好的，他的精神状态也是非常美好的，这让他每天都过得很充实而快乐。

我们毫不怀疑，我们可以从进取中学会快乐，学会更加珍惜和拥有，使自己不断地缓解压力。因为快乐，能令你神清气爽，耳聪目明，而不至于被痛哭的泪水模糊了雪亮的眼睛，也不至于被自己的痛哭声掩盖了外界黄莺的婉啼。

想学会在进取中体会快乐的绝招吗？那么，你面对工作时，要尽自己所有的全部热忱。很多人刚开始时有很好的决心，但缺乏持久的毅力。推进一件工作的进展并克服所遇到的阻力，在此过程中压力是很大的，但如果能在坚持中寻求快乐，那么，你已经成功了一半。而且，在你人生的每个阶段，每个时期，都有着快乐的记忆铭记着成长进步的每一个细节。

　　让快乐挤跑压力，愿世界上所有靠自己成功的人，都在快乐中进取，在进取中快乐！

适当妥协也无妨

你希望别人怎样对待你，你就应该怎样对待别人。所以说，要想得到同事的信赖和好感，必须向同事投以友善和热情。

你每天白天一大半的时间都是跟同事在一起，你能否从工作中获得快乐和满足，与你朝朝暮暮相处的同事有很大关系。当你在公司时，没有人理你，没有人愿意主动跟你讲话，也没有人与你谈心，你是否感觉到工作的无聊或因人际关系所带来的压力？

一个人要想在工作中面面俱到，谁也不得罪，谁都说好，那是任何人都做不到的，所以，在工作中与其他同事产生冲突是很常见的事。同事之间经常在一块儿相处，难免会有一些鸡毛蒜皮的矛盾，各人的性格优点和缺点也暴露得比较明显，每个人行为上的缺点和性格上的弱点暴露得多了，就会引发各种各样的瓜葛、冲突。这些瓜葛和冲突有些表现在明处，有些隐藏在暗处，有些是公开的，有些是隐蔽的，种种不愉快纠结在一起，各种压力一触即"喷"。

工作中的仇恨一般不至于达到不共戴天的地步。毕竟是同事，都在为同一家单位而工作，只要矛盾与冲突没有发展到你死我活的地步，总是可以化解的。请你记住这点，敌意是一点一点增加的，也可以一点一点消除。中国有句老话，叫作冤家宜解不宜结，同在一家公司谋生，整日低头不见抬头见，还是少结冤家比较有利。这时，就需要你做些适当的妥协与退让，尽量避免矛盾与冲突的发生。说不定你的妥协与退让能让对方改变态度，并令他大为感动。

某公司财务科杰拉尔德一时粗心，错误地给请过几天病假的斯奈伦伯格发了整月的工资，在他发现之后，匆匆找到斯奈伦伯格，向他说明并让他悄悄退回多发的薪金，但是遭到了断然拒绝。斯奈伦伯格只允许分期扣回他多领的薪水。

双方争执不下，最后杰拉尔德平静地对斯奈伦伯格说："好吧，既然这样，我只能告诉老板了，我知道这样做一定会使老板大为不满，但这一切都是我的错，我只有在老板面前坦白承认。"就在斯奈伦伯格还没反应过来的时候，杰拉尔德已大步走进了老板的办公室，把前因后果都告诉了他，并请他原谅和处罚。但是他没有说出斯奈伦伯格的名字。老板听后非常生气地说这应该是人事部门的原因，但杰拉尔德重复说这是自己的错误，与别人没有任何关系。老板于是又大声指责会计部门，杰拉尔德又解释说不怪别人，实在是自己的错。接着老板又责怪起与杰拉尔德同办公室的两个同事，但杰拉尔德还是固执地一再说是自己的错，并请求处罚。

最后老板看着他说："好吧，这是你的错，但那位错领全薪的员工也太差劲了，对了，他叫什么名字，让我找他谈一谈。"

杰拉尔德说道："这并不怪他，主要怪我，理应由我承担全部的责任。"说完，他掏出自己的薪水从中抽出一部分补上了多发给斯奈伦伯格的那一部分。

斯奈伦伯格得知事情的真相以后，内心感到有些愧疚，没多久，就将多发给自己的那一部分还给了杰拉尔德，并与杰拉尔德成了很要好的朋友。

试想一下，虽然错误主要出在杰拉尔德身上，但是斯奈伦伯格也有一定的责任。如果不是杰拉尔德做了适当的退让，承担了全部责任，而是将斯奈伦伯格交由老板处理，他们之间的关系肯定会恶化到互相仇恨的地步。

俗话说得好："忍一时风平浪静，退一步海阔天空。"适当地妥协、容忍与退让有利于你协调人际关系，缓解压力，发展事业。所以，在靠自己成功的过程中，还是学会适当地妥协吧！

拯救你自己

生活在大千世界里的人，谁也避免不了会遇到这样或那样的事情，遇到的事情有时对这个人来说是无足轻重的，但对于另一个人来说就可能是无比重大的。当你遇到不如意的事情时，有些人也许不会真正地帮助你，真正能为你分忧解难的人也许不多，平时经常在一起的朋友此时却一个也不见了。你也不必对这种现象过于感慨，或许你的老师、朋友或长辈理解你、鼓励你、帮助你，但他们也没办法天天拍你肩膀，天天来劝解你，减轻你的压力。

父母兄弟呢？他们是最有可能不断鼓励你、劝解你的人。但有时父母看到犯了错误、陷入困境的子女，不但没有鼓舞，反而责骂。如果你的困境或者错误间接地拖累了他们，那你恐怕还得不到他们的原谅。

这些都是造成人想不开的原因。而我们要做的最重要的一点就是自己拯救自己，自己鼓励自己，自己相信自己，自己为自己缓解压力！

首先，不要奢求别人过多的帮助。我们不否认别人鼓励的作用，事实上，得到他人的鼓励会让你没有孤单的感觉，你身心的压力会因此减轻，会生出一股奋起的力量。但是有几点要注意。

千万别乞求、冀望别人来鼓励你，这样会让你像个可怜虫！而这种鼓励也带有怜悯的意味，反而会增加你的心理压力。

千万别依赖别人的鼓励来产生勇气和力量，因为你未来的路还会有许多坎坷，不可能每一次遇到困难想不开的时候，都会有人来鼓励你，劝解你，帮助你。

不要产生依赖感。一遇到困难就想到去找某个人，因为这种依赖迟早会变成对方对你的一种蔑视。

所以，遇到困难想不开，感到心理压力极大时，首选的方法是自己鼓励自己，让勇气和力量在心中产生。好比自己钻了一眼泉孔，泉水源源涌出，任何时候，任何状况下，都可以自己取用。

能遇事想得开，能自己拯救自己、自己鼓励自己、利用自己的力量走出困境的人就算不是一个成功者，但绝对不会是一个失败者，因为他的成功在走出困境、消除了压力以后。不过，人在低谷时，情绪低落，压力极大，如果打击太重，有的人甚至失去活下去的勇气，怎么可能鼓励自己呢？因此，遇到这样的困难和压力时，要有活下去的决心，这是自己鼓励自己的先决条件。同时要告诉自己："我一定要走过这个低谷，战胜这个压力！我要做给别人看，向所有的人证明我的坚韧与毅力！"换句话说，要为自己争一口气，不要被别人看轻！

那到底应该如何自己拯救自己呢？有的人在墙上贴满励志标语，每天在固定的时间默念；有的人找个僻静的地方，痛快地流泪；也有人拼命看成功人物的传记，还有人借运动来强化意志，缓解内心的压力……

其实根据不同情况，具体方法有很多，每个人都可以找到自己拯救自己、自己鼓励自己的方法。你不靠自己又能靠谁呢？

做不了第一也没关系

"不要去争第一"，这不是叫我们失去进取心吗？在竞争如此激烈的现代社会，应该人人去争"第一"才是呀！不错！是得人人去争！但问题是"第一"只有一个，而且争"第一"时还得看争的代价，争得不好，就会给自己背上包袱，最后什么都保不住，更别说做第二了！

有一位商界的老板，他从事电脑行业。这位老板给自己的企业定位就另有一论——采取"第二战略"。因为他认为，当"第一"不容易，不论是产品的研究开发、行销，还是人员、设备等，都要比别人强，为了不被别的公司赶超，又得不断地扩充投资。换句话说，做了"第一"以后要花很多内力来维持"第一"的地位。无形中会给整个企业带来巨大的压力，因为提到某一行业，人人都会拿"第一"去做对手，并拼命赶超。这样"第一"的压力未免太大了，而且一不小心，不但当不成第一，甚至连第二都不可能当了。

我们为人处世又何尝不是如此？比如说这次考试你没有拿到第一；这个月的奖金你拿的不是最多；年终评比你没能评上名次等等。虽然你努力了，平时都做到了，但结果事与愿违，就很容易让你想不开，也很容易为你造成压力。

这位老板的想法并不科学合理，并非当"第一"就一定会很辛苦，当第二或第三就轻松了，这只是他个人的一种观念而已。但结合现实细想一下，其中也不乏道理，我们不妨借鉴。

　　当"第一"者确实要费很多的力气来保住自己的地位，大至一个企业，小至一个人，都可能有这个问题。一个企业要想位居第一，所冒的风险也应该是最大的，承担的压力也是最大的，产品研制开发、资金的投入、设备的引进、人员的录用、产品的销售与服务等等，都比别人要多，要大，要好。好不容易排到了"第一"，又一下子成了众人的"眼中钉"，都想超过它，甚至弄垮它！

　　比如，一位主管可以说是该部门的"第一"，为了保住这第一，就给他带来巨大的压力，他不但要好好带领手下，也要和自己的上司处好关系，以免位子不保；如果有功时，主管当然功劳第一，但有过时，主管当然也是首当其冲。如果是一位副主管就会好一点，表面上看来不如主管风光，但因为上面有主管遮风避雨，可省下很多辛苦，减轻很多压力，所以很多人宁可当副手而不愿当"一把手"。

　　当然，我们这里绝不是说因为有了压力就别当第一。如果你有当第一的本事，也有能力承受第一的压力，那么就去当吧！如果你自认知识有限，能力不佳，那么就算有机会，也不要去当第一，因为当得好则好，当不好一下子就变成了第三或第四，这样不但对自己是个打击，也无形中增加了自己的压力。

　　因此，现实生活中并非人人非得争个第一，位居第一的后面的确也有好处，例如：

　　可以静观"第一"者如何构筑、巩固、维持其地位，他的成功与失败，都可作为你的经验和警戒；可趁此机会培养自己的实力，以迎接当"第一"的机会。如果你想当"第一"的话，一旦你觉得自己具备了这方面的实力，就可以趁机攀升。

由于你志不在"第一"，所以做事就不会过于急切、得失心太重，也不会勉强自己去做力所不及的事情，这样反而能保全自己，降低失败的概率。因此，不管为别人做事，还是经营自己的企业，从第二、第三做起都没关系，并不一定非得去做第一！如能稳稳当当地做个第二，一旦主客观条件达成，自然也就成了第一。

让自己看得开的方法有很多，但根据各人的情况各有不同，下面从宏观上讲几种方法，供你参考：

找知心朋友去倾诉，将你的真实想法和你的打算告诉他。不论他给你出了什么主意，你倾诉以后就会感到心情好了许多，压力就会得到缓解。

出去旅游也不失为一种好办法，出去后接触的全是新的东西，你会有新的发现，想法就会改变了。

真想不开的时候，去做你平时最想做但没有机会做的事情，这时候虽然兴趣可能减少，但在心理上是一个安慰，也许会让你消除"想不开"的念头。或者把自己固定在一个范围之内，用一种强化的方法将自己固锁起来，反思自己，回顾自己，从中找到缓解压力的方法。

有些麻烦无须去面对

我们常常会听到这样的一句话："我惹不起你，还躲不起你吗？"这通常是因为遇到了难缠、难以应对、难以与他说清道理的人。虽然这不是为人处世的上策，但在很多时候也无疑是一种很好的甩开包袱的办法。在工作中，有时它还会起到令人意想不到的效果，甚至可能因此改变你的命运，让你在一个"躲"出来的环境中，不但可以甩开包袱，还可以重新定位自我，实现自己的价值。

卡尔是一位数据监督员，此人似乎具有难以相处者的所有特征。他性情乖戾，对一切都极其冷漠，和同事的关系也不是很和睦。

在麦哈斯被提升为主管的前几天，他突然把自己的桌子推到办公室的一个角落里，还把书老高地堆在桌子边上，使得别人无法看到他。卡尔反常的行为引起了办公室其他人的警觉，他们担心他会干出什么事来。

可是，当麦哈斯和办公室其他雇员谈起卡尔时，他们都说卡尔过去是个行为理智，容易相处的人。后来发现，卡尔异乎寻常的举动是从半年前他的提升遭到拒绝开始的。卡尔失去了晋升的机会后，曾向他所在部门的副总经理提出了意见，这位副总断定卡尔受到了不公正的对待，并责令卡尔所在部门的上司制订出一个培训计划，这样就可以向卡尔明确，要想得到提升，自己应该做些什么。部门的上司对执行这个计划抱有抵触情绪，这一点并不奇怪。他们对卡尔越级告状耿耿于怀。卡尔和副总经理的会见公布于众之后，卡尔觉得办公室的其他人都等着看他栽跟头，以证明不提升他是有道理的。他对这种冷漠、孤立无援的气氛感到焦虑和气愤，思想上有了很大的压力，工作开始出差错，他的报告误了期，净犯些愚蠢的错误，并且把他和其他人的接触减少到最低限度。把桌子搬到角落里不过是他与别人越发疏远、对别人越发不信任的一种不合逻辑的表现。

弄明白这一连串事件之后，麦哈斯知道了卡尔将来还有可能是自己的竞争对手，在工作中不给他好脸色，对他百般刁难。在日常工作中麦哈斯也对同事讲，他对卡尔很不信任。

这时候卡尔才明白自己真正地遇到了一个更难缠的上司，于是他向原来的副总经理吐露了自己的心声，要求调到另一个部门去。他的理由是：自己的行为主要是由于周围环境造成的，让他心烦意乱的原因除了同事们的不信任以外，更主要的是来自麦哈斯的压力，如果给他提供一个新的环境，就足以使他与其他人有效而又顺利地共事，工作效率很快就能恢复正常。

由此可以看出，卡尔并不是我们所说的真正难缠的人，同事对他的看法也不是问题的实质，而是新上任上司对他施加的压力，让他不得不离开现有的岗位，去寻求自己的另一条出路。我们完全可以想象得出来，如果在另一个环境中他能够很好地发挥自己的能力与优势，他是能很快实现自己的理想的。

但在想躲开你惹不起的人的时候，有一点要极为注意：要认真地思考一下，要"躲"的地方是不是真的很适合你，是不是真的比你原来的地方更有发展前途，是不是能让你的能力得到充分的发挥，是不是让你的同事或亲人众口一词地赞同你"躲"得高明、"躲"得有理。如果这些都不能做到，你的"躲"只能说是一种软弱、一种妥协、一种逃避，一种自欺欺人的不是办法的办法，如果是这样的话，是不会被人所赞扬和推崇的。

所以说，在你真的想"躲"以前，要充分认识到很重要的一点，人与人之间的角色和认知是不同的，在一些问题上，尤其是在很重要的问题上难免会有矛盾和冲突。即使是平时很和谐的关系，也有对一件事情的认识发生偏差的时候。所以在处理这种情况时首先要表现出你的宽容和大度，要用冷静的方式去对待出现的问题，相信事情总会有水落石出的那一天。

多用"路遥知马力，日久见人心"的胸怀来宽慰自己，这样你的心情就会渐渐平静下来。如果你一下就怒不可遏，暴跳如雷，肯定会弄得结局难以收拾，到时候就不是想躲与不想躲的问题了，而是你已经无法在这个环境中再工作或者维持下去，不得不自己给自己找个"躲"的借口了，这样的"躲"就一定不是经过你深思熟虑的，也就没有下一步发展的余地了。

学会自嘲，生活更轻松

在我们的生活中，几乎每个人都碰到过尴尬处境。遇到窘境，有的人喜欢掩掩藏藏，有的人喜欢辩解。其实越是这样，心理越是失衡，越是辩解，却会越辩越丑，越描越黑。最好的方法是学会利用自嘲来解脱自己。自嘲是一剂甩开包袱的良药。

在托尔斯泰的寓言中有一只狐狸，它用尽各种办法，想得到高墙上的那串葡萄，可是最终还是因墙太高而没有得逞，于是它只好转身离去。这聪明的狐狸一边走一边自我安慰道："那串葡萄一定是酸的。"

望着那诱人的葡萄，狐狸却无能为力，怎么也得不到，此时的它心里肯定既失望又不甘心，但仅一句"那葡萄一定是酸的"，便把自己的心情扭转过来，让自己从失望中摆脱出来。适时自嘲，不仅能化解尴尬，也能免除可能发生的争吵。若是没有这份雅量，生活就会增加许多不愉快。

美国著名演说家罗伯特，到老年后变成了个秃头，整个脑袋几乎成了不毛之地，可他从来不去掩饰这一缺点，相反，他能在许多场合用自嘲来化解这种尴尬，让人反而感到秃头的他更伟大。在他60岁生日那天，许多朋友前来庆贺，妻子悄悄地劝他戴顶帽子。而罗伯特不仅没有这样做，反而故意大声对来宾们说："我的夫人劝我今天戴顶帽子，可是你们不知道秃头有多好，我是第一个知道下雨的啊！"一句看似嘲笑自己的话，一下子让气氛变得热烈起来。

观察分析一个心胸豁达的人，往往会发现，他的思维习惯中有一种自嘲的倾向。这种倾向，有时会显于外表，表现为以幽默的方式摆脱困境。自嘲是一种重要的思维方式。每个人都有许多无法避免的缺陷，这是一种必然。不够豁达的人，往往拒绝承认这种必然，他们总是紧张地抵御着任何会使这些缺陷暴露出来的外来冲击，久而久之，心理便变得脆弱了。一个拥有自嘲能力的人，却可以免于此患。他能主动察觉自己的弱点，他没有必要去尽力掩饰。从根本上来说，一个尴尬的局面之所以形成，只是因为它使你感到尴尬。要摆脱尴尬，走出困境，甩开包袱，正面回避需要极大的努力，但自嘲却为豁达者提供了一条逃遁出去的轻而易举的途径——那些包围我的，本来就不是我的敌人。于是，尴尬或困境，就在概念上被消除了。

在生活中受到讥讽时，不妨用自嘲来把笑转移给大家，让心情放松，而不要总是猜测对方抱有什么目的或是怎么想法子回击。比如有人说"你不愧是属猪的，真能吃"，你不妨接上一句"所以咱们才能聚在一起呀"。这样既保护了自己，又不至于伤害朋友。

有一天，德国著名诗人歌德在公园散步时，与一位经常抨击他的人狭路相逢。仇人见面分外眼红，那个人表现出十分傲慢的态度，站在歌德面前毫不让步地说："我是从来不给蠢货让路的！"

听到这样无礼的、具有挑衅性质的话，歌德没有恼怒，也没有正面迎击他，而是用自嘲似的话语笑着说："我倒正好相反。"

说完便给那人让开了路，等那人走过后，自己才过去。

歌德的一句话，既没有激化矛盾，又让自己心理平衡，可谓软中有硬，恰到好处。

用自嘲来稳定情绪的方法有很多。比如，当你在经济上受到不合理的对待时，当你的生理缺陷遭到别人嘲笑时，或无端受到别人攻击时，你不妨采用阿Q的"儿子打老子"似的精神胜利法，来调节一下失衡的心理。

自嘲能化自卑为自信，是宣泄积郁，甩开包袱，维持心理平衡的良方。靠自己成功，应该学会自嘲，既显示出智者的谦虚与大度，又缓和了气氛，何乐而不为呢？

不要做一个完美主义者

很多时候，一些羞于示人的缺点成为我们成功路上最大的瓶颈。其实，所谓缺点都是在我们的心里，如果我们自己认为那是不可逾越的，自然就难以跨越。每个人都会有缺点和不足，如果我们能够放下心灵的包袱，那些缺点不但不会成为我们的障碍，反而可能成就我们。

知道足球的人都知道罗纳尔多，他被称为"外星人"，是让所有后卫都头疼的前锋，几乎每一位对手都会被他准确的射门、惊人的起动速度和无时不在的霸气所震慑。很多球迷因为他出色的球技和可爱的形象而把他当作偶像。伴随着他足球生涯的成功，越来越多的人记住了这个龅牙的巴西人。但是，很少有人知道，这个当今在绿茵场上纵横驰骋的球星尽管拥有非凡的足球天赋，却并不是一开始就表现出色。

现在的天王巨星，有着一段漫长而艰难的成名历程。而其中妨碍罗纳尔多上场表现的，就是他的龅牙。刚刚走上绿茵场的他，认为自己的龅牙很不好看，担心被人们嘲笑。为了能够避免露出自己的龅牙，他常常紧闭着嘴唇，即使是在上场比赛时，也不肯稍稍松懈。

渐渐地他习惯了紧闭嘴唇，而就是这个小习惯影响了发挥。

众所周知，足球是一种运动量非常大的运动。每一场球赛都是对球员体力的严峻考验。而罗纳尔多紧闭嘴唇的习惯，让他在球场上很容易就累得不行。想想看，如果不能顺畅地呼吸，却必须坚持剧烈地运动，这无疑是不可能的。罗纳尔多身上巨大的潜力因为这个小习惯而被压抑了。

他一直都这样踢球，直到一个细心的教练发现了这一点。教练把他换下了场，拍拍他的肩膀说："罗纳尔多，你在场上时应该忘掉你的龅牙，要知道，龅牙并不是什么错。也没有什么好害羞的，如果你不张开嘴，就无法自由地呼吸。而且要想让人们忘记你的龅牙，最好的办法不是闭上嘴，而是甩开包袱，发挥你精湛的球技。"

从此，罗纳尔多在踢球时不再刻意掩盖自己的龅牙，他终于敢张开嘴自由地呼吸了。他的球技大进，在 17 岁时，就进入了巴西国家队，并同队员们一起赢得了世界杯。他成了世界球坛天王级的人物，不到 20 岁就获得了世界足球先生的称号。

而功成名就后的罗纳尔多似乎并没有为他的龅牙烦恼过，他所有的球迷都将目光盯在了他超凡的球技上。他们不但没有嘲笑他的龅牙，反而认为他的龅牙很可爱。如果当初罗纳尔多一直不敢张开嘴巴，足球历史上就不会增加一个超级球星，反而会出现一个气喘吁吁也不肯张嘴呼吸的庸才。

任何人都可能成为隐瞒自己"龅牙"的人，可是，人们不知道的是，掩盖反而更吸引他人的注意。只有自己不在意，这些缺点才不会成为束缚我们的障碍。

如果在行动的过程中时刻关注自己的缺点，那样只会影响我们行动的质量，因为这种消极的自我暗示成了行动路上的障碍。

忘记自己的缺点，不要陷入自我暗示的陷阱，放开去行动往往会有更好的结果。

第五章
勇于超越自我，替自己坚强

人生所有的困境都在于自身处境带来的困局，当你无法超越自我的时候，你才会陷入这种困局难以自拔。而那些成功者，他们都是敢于超越自我，提升自我的人。我们虽然普通，但也有无限可能，超越自我，就是实现这些可能的第一步。

勇敢地挑战自己

人与人之间、弱者与强者之间、成功与失败之间最大的差异就在于意志力的差异，人一旦有了意志的力量，就能战胜自身的各种弱点。在不断奋斗的人生道路上，我们发现一部分人失败了，而另一部分人却成功了，这究竟是什么原因呢？因为前者被自己打败，而后者却能打败自己。一个人要挑战自己，靠的不是投机取巧，不是耍小聪明，而是信心。

人有了信心，就会产生意志和力量。一个有信心的人，就有了意志的力量，具备了敢于挑战自己的素质，能做成任何可能做到的事情。人生最大的挑战就是挑战自己，唯独自己是最难战胜的。有一位作家说："自己把自己说服了，是一种理智的胜利；自己被自己感动了，是一种心灵的升华；自己把自己征服了，是一种人生的成熟；能征服自己的人，就有力量征服一切挫折。"

我们在追求自己的理想时，会遇到很多艰难险阻，即使是那些成功人士，也一样每天要面对很多困难，就像家家有一本难念的经一样，不要认为别人都是一帆风顺的，而自己却处处遭遇挫折。人的一生，总是在自然环境、社会环境、家庭环境中适应，因此有人形容人生如战场，勇者胜而懦者败，在从生到死的生命过程中，人们所遭遇的许多人、事、物，都是战斗的对象。那些能战胜自己的人是胜出者。

其实，自己的心念，往往不受自己的指挥，它才是最顽强的敌人。一般人认为，如果没有危机感、竞争力或进取心，可能会失去生存的空间，所以许多人都会殚精竭虑地为自己、为孩子安排前途，以此作为发展的战场。从小到大，我们往往都会有比较的对象，小时比学习，长大比收入，虽然，处处和人比较的这种心理在一定程度上能够刺激一个人奋斗，但这种想法却带有一定的负面作用，就是容易让人嫉妒而导致心理疾病，也就是心理不健康。其实，只要记住，不能白白地来这个世界走一遭，应该为自己活出点样子，也就是做最好的自己、挑战自己就足够了。

当然，挑战自己也就意味着要克服自己的弱点，比如懒惰、怕吃苦等。要有挑战自身极限的胆量、勇气和欲望，每个人都应以坚定的信心和运筹帷幄的胆识，回应生活的种种挑战，每一次超越自我都会有很多收获。在现实生活中，我们都有这样的发现：有些并不聪明甚至貌不惊人的人做出了惊人的成绩；相反，那些耳聪目明、各方面条件都很不错的人却成绩平平。这是为什么呢？这正应了一句老话：上帝并不偏爱每一个人。

事实上，每个人都想成才，都想获得成功。获得成功的原因有几个方面：才能、机遇、努力，在追求成功的过程中必须面对困难，而这也是挑战自己的时候。战胜自己，说起来容易，做起来异常艰难。为什么有的人再三戒烟，但就是戒不了？为什么有的人想勤奋学习，但学了几天就坚持不下去了？这都是战胜不了自己的缘故。人生的战场也如同在千军万马中厮杀。一位将军在作战时万夫莫敌，屡战屡胜，他的功勋彪炳，令敌军望风而逃，但他内心是否自在，就大有问题。拿破仑在全盛时期几乎统治半个地球，战败后被囚禁在一座小岛上，相当烦闷痛苦，难以排遣，他说："我可以战胜无数敌人，却无法战胜自己的心。"

战胜自己不是一件简单的事，得意时容易忘形，失意时容易自暴自弃。平常人很难不受环境影响，矛盾、冲突、挣扎经常发生，如何调节烦恼非常重要。发生在心外的事比较好应付，发生在心中的事则较难处理，这需要我们做自我排解、自我平衡。在观念上要想到这是种种因缘巧合之下所产生的结果，自己仅是其中的因素之一，并不是唯一的因素，所以无法掌控，心中情绪自然会安定。在方法上则要做些自我约束与宁心的功夫，若能随时随地安心安身，便是真正战胜了自己。

别让自己毁了自己

很多人都有过这样的体验：我们试图积极进取，却无法摆脱自己的懒散惰性；我们想要谦虚大度，却又不能去除自身的骄横私心……原来，导致我们身不由己的罪魁祸首正是我们内部的那个自己，他才是我们最顽强的敌人，是我们最大的对手。

人的一生，会遭遇无数对手，有的来自外部，有的来自内部。对于外部的显在之敌，我们一眼就可辨别出它的来路及威胁程度，因此也就可以相对容易地制定出应对之策而将之化解。然而，对于那些潜伏在内部的隐蔽之敌，却会让我们防不胜防，疲于应付。而更让人恐怖的是，它们的威力强大而又无处不在。

美国著名心理学家罗伯特·菲利浦曾经接待过一个因企业破产而负债累累、身无分文的流浪汉。看着来人茫然的眼神、沮丧的神态、长时间未刮的胡须以及紧张的神情，罗伯特考虑了一下，对他说："虽然我没有办法直接帮助你，但如果你愿意的话，我可以介绍你去见另外一个人，也许他可以让你起死回生，并能帮助你赚回你所有损失的钱。"

罗伯特刚说完，那人眼中立即放射出了光芒，他抓住罗伯特的手，激动地说道："看在上帝的分儿上，请你一定要带我去见这个人。"

于是，罗伯特带他走到一块窗帘布前，随后，将窗帘拉开，露出了一面巨大的镜子，他可以从中看到他自己的形象。看着那人吃惊的样子，罗伯特指着镜子对他说："就是他，在这个世界上，只有这个人能够使你东山再起，你觉得你失败了，是因为输给了外部环境或者别人了吗？不，你只是输给了你自己，仅此而已。"

流浪者朝着镜子走近了几步，用手摸摸他长满胡须的脸孔，又对着镜子里的人从头到脚打量了一阵，突然低下头，失声痛哭起来。

几天后，罗伯特又在街上碰到了那个人，但他已不再是一个流浪汉形象，而是西装革履，步伐自信有力，昂首挺胸，原先的那种苍老、无助、紧张不安的神态早已被抛至九霄云外，取而代之的是战胜自己后的自信神态。他在罗伯特的帮助下，认识到了是自己打败了自己，他本人才是他最大的对手，从而对症下药，战胜了自己，找回了自信。

很多时候，你的心理是坚强还是脆弱，你对自己的认识是正确还是错误，将很可能会决定你的成败。即使是在一些我们认为比较极端的情况下，在觉得一切都已不复存在、人生将尽的危难关头，只要我们能够坚强地挺下去，不被一时悲观消沉击倒，就能重树自信，并时刻认识到我们外部的环境远远没有恶化到我们想象中的那种地步，很多的"绝境"都来源于我们的过于悲观与自以为是，我们自己才是我们最大的敌人，认清了这一点，就有机会战胜自己。

在我们最大的对手面前，充满自信的人知难而上，缺乏自信的人却落荒而逃。

一支野战分队在一次秘密行军中，遭遇了敌人的突然袭击，经过激烈混战，仅有两位战士突围了出来。他们在庆幸之余，却发现已经误入沙漠之中。行至中途，眼见天色已晚，所携带的水也即将用尽，受伤的士兵体力虚弱，又急需休息。

于是，同伴把枪留给了受伤的士兵，并再三吩咐："枪里还有五颗子弹，我走后，每隔一小时你就对空中鸣放一枪，那样我就会循着枪声前来与你会合。"说完，同伴满怀信心地找水去了。然而，随着时间的推移，受伤的士兵越想心里越乱，越想越怀疑：同伴能找到水吗？他能听到枪声吗？他会不会丢下自己这个"包袱"而独自离去？开始，他还能按时对空鸣枪。

天渐渐黑了，他的枪里仅剩下一颗子弹，可是同伴还没有回来。这时受伤的战士确信同伴早已离去，而自己只能等待死亡，想到这里他绝望了。想象中，沙漠里秃鹰飞来，狠狠地啄瞎了他的眼睛、啄食他的身体……结果，他彻底崩溃了，用最后一颗子弹终结了自己的生命。但就在枪声响后不久，他的同伴提着满壶的清水，并领着一支骆驼商队赶来，但找到的却是一具尚有余温的尸体……

在这个悲惨的故事中，那个受伤的战士，在战场上经过奋勇拼杀而逃出了包围圈，他没有死于敌人之手，但却在等待同伴归来的过程中，没能战胜心中的疑虑与恐惧，在疯狂的自我心理虐待、自我煎熬之下，终于变得绝望、变得歇斯底里，最终不堪忍受自己给自己所施加的灵魂上的折磨，而开枪自射。他死在了他最大的对手——他本人手里。

上述正反两方面的案例，惨然摆在我们面前，它们所佐证的恰是同一个结论：我们最大的对手正是我们自己。

给人生寻找积极的力量

我们成长的过程曲折坎坷，总是伴随着心酸与烦恼。"不经历风雨，怎能见彩虹？"经历了挫折的成长更有意义，挫折其实是一笔财富。挫折好比一块锋利的磨刀石，我们的生命只有经历了它的打磨，才能闪耀出夺目的光芒。多少次艰辛的求索，多少次噙泪的跌倒与爬起，都如同花开花落一般，为我们今后的人生道路做了铺垫。

乔治的父亲辛曾经是个拳击冠军，如今年老力衰，卧病在床。

有一天，父亲的精神状况不错，对他说了某次赛事的经过。

在一次拳击冠军对抗赛中，他遇到了一位人高马大的对手。因为他的个子相当矮小，一直无法反击，反而被对方击倒，连牙齿也被打出血了。

休息时，教练鼓励他说："辛，别怕，你一定能挺到第12局！"

听了教练的鼓励，他也说："我不怕，我应付得过去！"

于是，在场上他跌倒了又爬起来，爬起来后又被打倒，虽然一直没有反攻的机会，但他却咬紧牙关支持到了第12局。

第12局眼看要结束了，对方打得手都发颤了，他发现这是最好的反攻时机。于是，他倾尽全力给了对手一个反击，对手应声倒下，而他则挺过来了，那也是他拳击生涯中获得的第一枚金牌。

说话间，父亲额上全是汗珠，他紧握着乔治的手，吃力地笑着："不要紧，才一点点痛，我应付得了。"

看着父亲，乔治也想起自己经历过的那段艰苦日子，当时碰上了经济大危机，他和妻子先后都失业了。

但是为了生活，夫妻俩每天仍努力地找工作。晚上回来时，虽然总是望着彼此摇头，但是他们从不气馁，而是相互鼓励说："放心，我们一定能应付过去。"

如今，一切都过去了，乔治一家人又回到了宁静、幸福的生活中。

于是，每当晚餐时，乔治总会想到父亲说的那段话，决定要将这段话传播开去，他要告诉子孙与朋友们，甚至是他遇到的每一个生活艰苦的人，那便是在困境中要告诉自己"我一定应付得过去"。

成长的过程好比在沙滩上行走，一排排歪歪曲曲的脚印，记录着我们成长的足迹，只有经受了挫折，我们的双腿才会更加有力，人生的足迹才能更加坚实。当我们有了这份坚定的信念，困难便会在不知不觉中慢慢远离，生活自然会回到风和日丽的宁静与幸福之中。所以，要相信自己的能力，再多的困难也不必担心。只要你下定决心克服它，就一定能走过人生的低谷。

生活中，我们也应该如此，不要让昨日的沮丧令明天的梦想黯然失色！

在一次讨论会上，一位著名的演说家没讲一句开场白，手里却高举着一张 20 美元的钞票。

面对会议室里的 200 个人，他问："谁要这 20 美元？"一只只手举了起来。他接着说:"我打算把这 20 美元送给你们中的一位,但在这之前,请准许我做一件事。"他说着将钞票揉成一团,然后问:"谁还要?"仍有人举起手来。

他又说:"那么,假如我这样做又会怎么样呢?"他把钞票扔到地上,又踏上一只脚,并且用脚碾它。尔后他拾起钞票,钞票已变得又脏又皱。

"现在谁还要?"还是有人举起手来。

"朋友们,你们已经上了一堂很有意义的课。无论我如何对待那张钞票,你们还是想要它,因为它并没贬值,它依旧值 20 美元。"

人生路上,我们会无数次被自己的决定或碰到的逆境击倒、欺凌甚至碾得粉身碎骨。我们觉得自己似乎一文不值。但无论发生什么,或将要发生什么,在上帝的眼中,你永远不会丧失价值。因为在上帝看来,肮脏或洁净,衣着齐整或不齐整,你依然是无价之宝。

你有多勇敢，就有多成功

有一部著名的美国电影叫《肖申克的救赎》，电影讲述的是年轻的银行家安迪因被误判谋杀自己的妻子，被送往美国的肖申克监狱终身监禁。被冤枉的安迪外表看似懦弱，但内心坚定，从进监狱的那天开始就决定一定要离开这里。他在监狱里遇见了因失手杀人被判终身监禁的摩根·费曼，两人很快成为好友。肖申克监狱当时是美国最黑暗的监狱，典狱长利用罪犯做苦役，为自己捞了不少好处。狱警对囚犯乱施刑罚，甚至将囚犯活活打死。

面对如此险恶的环境，安迪没有自甘堕落，他办监狱图书室，为囚犯播放美妙的音乐，还利用自己的知识帮助大家打点自己的财务。典狱长很快发现了安迪的特长，让他帮助自己洗黑钱做假账。在暗无天日的牢笼中，安迪从未放弃过对自由、对美好生活的追求，他每天用一把小鹤嘴锄挖洞，然后用海报将洞口遮住。用了 20 年的时间，安迪才完成了地洞的开凿，成功地逃出监狱并最终把典狱长绳之以法。

安迪在恶劣的生存环境之中，竟然能够一直朝自己的目标努力，让人看了之后非常震撼，如果一个人能用这样的毅力和忍耐力做一件事，想不成功也难啊。

坚韧不拔的斗志是所有伟大成功者的共同特征。他们也许在其他方面有缺陷和弱点，但是坚韧不拔的斗志是每一个成功者身上不可或缺的。无论处境怎样，无论怎样失望，任何苦难都不会使他厌烦，任何困难都打不倒他，任何不幸和悲伤都摧毁不了他。过人的才华和禀赋都不如坚持不懈的努力更有助于造就一个伟人。在生活中最终取得胜利的是那些坚持到底的人，而不是那些自认为自己是天才的人。

杰出的鸟类学家奥杜邦在森林中刻苦工作了许多年。一次，在他度假回来时，发现自己精心创作的 200 多幅极具科学价值的鸟类绘画都被老鼠糟蹋了。回忆起这段经历，他说："强烈的悲伤几乎穿透我的整个大脑，我接连几个星期都在发烧。"但过了一段时间后，他的身体和精神都得到了一定的恢复，他又重新拿起枪，拿起背包和笔，走向森林深处。

无论一个人多聪明，如果没有坚忍不拔的品质，就不会在一个群体中脱颖而出，就不会取得成功。许多人本可以成为杰出的音乐家、艺术家、教师、律师或医生，但就是因为缺乏这种杰出的品质，最终一事无成。

坚忍不拔的斗志是一种力量，一种魅力，它使别人更加信赖你。每个人都信任那些有魄力的人。对于一个不畏艰难、一往无前、勇于承担责任的人，人们知道反对他、打击他都是徒劳的。

坚韧的人从不会停下来想想他到底能不能成功。他唯一要考虑的问题就是如何前进，如何走得更远，如何接近目标。无论途中有高山、有河流还是有沼泽，他都会去攀登、去穿越。而所有其他方面的考虑，都是为了实现这个终极目标。

要做人生的强者，首先要做精神上的强者，做一个坚韧不拔、威武不屈的人。世间不存在无法克服的艰难和困苦，在你面临绝境时，在你气喘吁吁甚至精疲力竭时，只要再坚持一下，奋力拼搏一下，你就会战胜困难。

有许多伟人也会出现这样的错误，在他们即将抵达成功时，他们却因失败而放弃了。德国科学家席勒在研究 X 射线即将看到曙光时，失去信心，罢手却步，遂将成功的喜悦奉送给了伦琴。

歌德曾这样描述坚持的意义："不苟且地坚持下去，严厉地驱策自己继续下去，就是我们之中最微小的人这样去做，也一定会达到目标。因为坚韧不拔是一种无声的力量，这种力量会随着时间而增长，任何挫折和失败都无法阻挡。"

看到困难背后的礼物

获得成功固然可喜可贺，它会让我们成为一个与众不同的优秀的人，还会给我们带来丰厚的奖赏。然而我们必须清晰地认识到我们选定了艰难的事业，也就是我们不幸的开始。因为所有的成功都需要付出代价，就像歌里唱的："不经历风雨怎么见彩虹，没有人能随随便便成功。"

自古英雄多磨难，从来纨绔少伟男。这似乎是一条亘古以来都颠扑不破的道理。权贵的荫泽与庇佑下的成长，如同温室里的花朵，鲜有能经受风雨的。而那些经历了苦难和失败而坚持不懈的人，往往会取得成功。

人生是无法回避艰辛和苦难的。它本身就已很不轻松，可你又偏偏给它加码——选择了并非容易获得的成功。

很多追求成功的人在他人看来纯粹是自讨苦吃。因为他是那么执着，那么"死撞南墙不回头"，不惜一次又一次从头开始……追求成功的人不肯轻言放弃，在他们看来，没有成功的人生毫无意义。他们坚持自己信念，矢志不渝。他们知道自己选择了一条艰难的路，因为成功从来不会一帆风顺。

1992 年，如同大多数看了电影《少林寺》的孩子一样，农家娃王宝强跟父亲吵着要去少林寺学武。穷人家的孩子如草一样，在哪里都能顽强生长。所以王宝强的父母也没有怎么犹豫，就将8岁的儿子从河北南和县送到了河南的少林寺。

少林寺的学武生涯，难免是"床硬、饭冷、活重"，不少原先怀着一腔热血的孩子挨不了多久，就想方设法回家了。王宝强不怕吃苦，他在少林寺潜心学武。一转眼，六年过去了，当年瘦弱的儿童已经成了精壮的小男子汉。

1998年，14岁的王宝强离开了少林寺，回到家乡。王宝强家里很穷，而在家乡那片贫瘠的土地上，王宝强找不到改变家庭与自己命运的舞台。于是，1999年3月，15岁的王宝强来到了北京，决心像他的同门前辈李连杰一样，靠当武打演员改变自己的命运。

然而，想要有所成就就要历经磨难。有道是"长安米贵，居大不易"，想当年一身才学的白居易闯荡京城长安，也难免有不如意之时。对于15岁的王宝强来说，北京的"米"也同样很贵，生存的压力让他焦头烂额。北影厂门口常年聚集着一大群等候群众演员角色的人，王宝强也混迹其中，如同旧社会一个插着草标的卖身者。

当群众演员，一天也只有20元钱的报酬，而且这样的机会也不多。更多的时候还是没电影可拍，为了生活，王宝强找工地打零工，搬砖和泥筛沙，什么都干。王宝强在北京待了三年，始终挣扎在温饱的边缘。但他没有放弃自己的演员梦，因为他太渴望成功了。

2002年，因为原定的主角夏雨档期不合，电影《盲井》的主角砸到了王宝强头上。《盲井》让王宝强拿到了那一年的台湾电影大奖——金马奖最佳新人奖。没多久，他就得到了与一些大牌明星同台演出的机会。被冯小刚选中出演当时自己的新片《天下无贼》的一个角色，在电视剧《暗算》里演好瞎子阿炳。2007 年，《士兵突击》更是将王宝强的声誉推到了极致。王宝强现已签约至著名的华谊兄弟公司旗下，成为影视圈里的一线演员。

王宝强成功了，而面对别人的赞美和夸奖，他这样说："路还太远，我才二十多岁。人生就像登山，我希望自己永远不要登到峰顶。每天一点点往上爬，以后的路还很艰难，根基打好，一点点往上走。"

其实，人生就是这样，想要少经历一点磨难，那就庸庸碌碌地过一辈子。如果你还有对成功的渴望，对美好未来的向往，那就一定要做好迎接苦难的准备。

对于梦想，不抛弃不放弃

梦想是一种美好的东西。

在很小的时候，家长或者老师都会问孩子一个关于梦想的问题："你长大了想干什么呀？"单纯的孩子们在面对这个问题的时候都会给出五花八门的答案，什么科学家、宇航员、教师、商人、政治家、作家。这些回答是孩子幼年时期对梦想尚处朦胧期的一种直接反应，它能够给孩子无穷无尽的创造力和动力。

在美国乡村的某个小学的作文课上，年轻的语文老师给小朋友们布置了一篇作文，题目叫《我的理想》。一位小朋友这样描绘他的理想：将来能拥有一座占地十余公顷的庄园，在辽阔的土地上植满绿草；庄园中有无数小木屋，烤肉区，及一座休闲旅馆；除自己住在那儿外，还可以和前来参观的旅客分享自己的庄园，有住处供他们休息。

老师检查作文后，在这个小朋友的簿子上画了一个大大的红"×"，老师要求他重写。小朋友仔细看了自己所写的内容，认为并无错误，便拿着作文去请教老师。老师告诉他："我要你们写下的是自己的理想，而不是这些梦呓般的空想，理想要实际，而不是虚无幻想，你知道吗？"

小朋友据理力争："可是，老师，这真是我的理想呀！"老师也坚持观点："不，那不可能实现，那只是一堆空想，我要你重写。"

小朋友不肯妥协："我很清楚要实现我的理想很难，但这的确是我真正想要的，我不愿意改掉我的理想。"老师坚决地摇头："如果你不重写，我就让你不及格，你要想清楚。"小朋友没有妥协，结果他的作文真的没有及格。

30年后，这位老师带着一群小学生到一处风景优美的度假胜地旅行，在尽情享受无边的绿草、舒适的住处及香味四溢的烤肉之余，一名中年人向他走来，并自称曾是他的学生。

这位中年人告诉他的老师，他正是当年那个作文不及格的小学生，如今，他拥有这片广阔的度假庄园，真的实现了儿童时的理想。老师望着这位庄园主，不禁感叹："30年来，我不知道用'实际'改掉了多少学生的梦想；而你，是唯一保留自己的梦想，没有被我改掉的。"

梦想也是一种具有创造力的思想品质。古今中外的无数文学作品、科学发明都是起源于梦想的。而那些伟大的人正是有了梦想并一直坚持下去，才最终走向了成功。

高德15岁时，偶然听到年迈的祖母非常感慨地说："如果我年轻时能多尝试一些事情就好了。"高德受到很大震动，他决定自己绝不能到老了还有像老祖母一样无法挽回的遗憾。于是，他立刻坐下来，详细地列出了自己这一生要做的事情，并称之为"约翰·高德的梦想清单"。

他总共写下了127项详细明确的目标，里面包括10条想要探险的河、17座要征服的高山，他要走遍世界上的每一个国家，还想要学开飞机、学骑马。他甚至要读完柏拉图、亚里士多德、狄更斯、莎士比亚等十多位大学问家的经典著作。

他的梦想中还有乘坐潜艇、弹钢琴、读完百科全书，当然，还有重要的一项，他要结婚生子。高德每天都要看几次这份"梦想清单"，他把整份单子牢牢记在心里，并且倒背如流。高德的这些梦想，即使在半个多世纪后的今天来看，仍然是壮丽且不可完全实现的。但他究竟完成得怎么样呢？

在高德去世的时候，他已环游世界 4 次，实现了 127 个目标中的 103 项。他以一生设想并且完成的目标，述说他人生的精彩和成就，并且照亮了这个世界。

高德的故事会让人不由自主地想到一句话：人生因梦想而伟大。的确，就像电影里的一句台词所说："做人如果没有理想，那跟咸鱼有什么区别。"

谁没有过理想呢？有多少人实现了自己的理想？

没有实现理想不要紧，只要我们还行走在前进的路上，就一切皆有可能。而遗憾的是很多时候，我们没有实现理想是缘于放弃。放弃理想大致有两种原因：一种是随着岁月的增长，发现原来的理想并非自己真正想要的；一种是因为困难太大，自己放弃了理想。前者是主动放弃，后者是被动放弃。理性地说，适当的放弃是人生路上无奈的妥协。但你一定要谨慎判断"适当"——你的理想是你内心所深切的渴望吗？如果是，那么你就不应该轻易放弃。

理想之所以称为理想，本身就蕴含了来之不易的意思。很容易就能达成的目标，不能叫理想。轻易放弃自己的理想，等于抛弃了自己。

其实，在为梦想而奋斗之前，我们每个人都要明白这样一个道理：实现梦想是一项艰辛的工程，同时也是一个极大的回报。有了这样一层心理建设，我们就会对实现梦想时的各种压力有一种全新的认识：为了梦想，我们何妨多扛几次呢？

坐住人生的冷板凳

喜欢看 NBA 的球迷最不愿意见到的一幕是什么呢？许多人的答案应该是自己心爱的球员被罚坐冷板凳吧！坐冷板凳通常意味着球员没有机会上场打球，喜欢他的球迷也就没有办法欣赏他在球场上激烈厮杀的精彩画面，这在球迷的心中确实不失为一大憾事。

其实，坐冷板凳并不是球员的专利。每一个在职场行走的人，不管你是初涉职场的应届毕业生，还是能力超强的职场达人，在职业生涯中都可能遭遇过这样的窘境——坐冷板凳。

俗话说，人生不如意之事十有八九，我们的工作和生活自然也不可能永远一帆风顺，很多刚踏上工作岗位不久的年轻人常常向我抱怨："为什么我努力工作，公司领导却还是不待见我呢？""公司老总冷落我，天天让我坐冷板凳，我该不该坚持下去？""被罚坐冷板凳的时候，我该怎么做才能把冷板凳坐热呢？"……

每次听到诸如此类的问题，我都会建议他们先反思一下自己为何会处于这样尴尬的处境，因为只有抽丝剥茧找对了原因，才能对症下药，努力寻求解决之道，最后远离坐冷板凳的悲催命运。毕竟被晾在一边实在是一种度日如年的煎熬。

韩梦溪研究生毕业后，在亲友的介绍下，如己所愿地进了一家广告公司担任平面设计师，满腹才华的她在工作上时常有出色的表现。为此，部门经理林季鸽十分器重她。一年过后，林季鸽被集团老总调往北京总部，对于这次的人事调动，韩梦溪感到有点郁闷，她原本以为自己这匹千里马终于遇到了能赏识她才华的伯乐，没想到伯乐竟然这么快就要离她而去。

　　不知道接下来会由谁来接任部门经理这一职务？韩梦溪的心里突然产生了不好的预感，她暗自祈祷下一位上司不要是一个难缠的主儿，否则她的职业生涯从此将痛苦不堪。

　　然而，墨菲定律却告诉我们，如果你担心某种情况发生，那么它就更有可能发生。总部直接空降了一位年轻的小伙子来接替林季鸽的工作，韩梦溪留心一看，这位新上司的年龄竟然比她还小半岁，言行举止全无林季鸽的稳重和亲切，行事作风颇有些雷厉风行的味道。

　　自古以来，新官上任总是三把火，新来的部门经理陶刚禹也不例外。他上任的第一件事就是更换办公室，但韩梦溪觉得早先的办公室分配本来就非常科学，男女搭配，年龄搭配，专业也搭配，而陶刚禹一来却把韩梦溪和四个整天在外面拉广告的女孩子分在一个办公室。

　　众所周知，对于韩梦溪这种从事平面设计工作的人来说，创意一般来自大伙儿的头脑风暴。可如今办公室里只有她这么一个形单影只的"角儿"，想要集思广益获取灵感根本就是空谷喊话，毫无回应，这让她感觉很不舒服。

　　于是，韩梦溪连忙去找陶刚禹申请调换办公室，没想到却遭到了他的拒绝，他不以为然地说道："你可是公司里拔尖的人才，我相信你一个人就能独当一面，根本用不着别人帮忙。"

陶刚禹这一番看似合情合理的话顿时让她哑口无言，她如果还是执意要换办公室，不是自个儿拆自个儿的台吗？人家都已变着法儿称赞自己能力突出了，她总不能灭自己威风吧？

就这样，韩梦溪心里憋着一口气忍了下来，离开他办公室的时候，她连招呼都没打一声就径直走了出来，这一失礼的举动也让陶刚禹的脸色犹如黑云压城。

没过多久，陶刚禹就指派一个新来的设计师和韩梦溪一起负责原本只属于她的项目，韩梦溪对他的强硬安排感到非常不满，她不明白陶刚禹为什么不事先跟她商量一下，这未免也太不尊重她了吧。可抗议终归只是抗议，上司一旦发话，下属就只有领命的份儿。

几个月的辛苦工作后，韩梦溪终于迎来了公司的庆功晚会，可让她气愤不已的是，这个项目明明是她付出的心血最多，陶刚禹却说新来的设计师才是最大的功臣，直接无视她的辛苦付出，连带其他的同事也误以为她是一个光领工资不干活的"白吃"。

晚会结束之后，心灰意冷的韩梦溪休假了半个月，其间陶刚禹不曾问过她会何时上班，更别说给她安排新的工作任务了。韩梦溪这才意识到自己正被罚坐冷板凳，在陶刚禹的心里，她或许只是一个可有可无的透明人，以后恐怕只有一些琐碎的杂活干了。

从这个故事中，我们可以看出，韩梦溪之所以被上司罚坐冷板凳，原因在于她没有正确处理好上下级关系。虽然身为上司的陶刚禹是一个比她还小半岁的年轻人，但这并不意味着他的工作能力就会比她差，仔细想想，若是没有过硬的专业技能或是其他的一技之长，他年纪轻轻又怎会身居高位呢？

对待年轻的上司，韩梦溪不妨改变下态度，在交流的过程中，将尊重放在首位，辅之以客观、友好以及谦逊的姿态，如此既能表达自己的意见，又能给足上司的面子，何乐而不为？

我们还应该学会主动秀自己。不要觉得亮出自己是一件难为情的事情，一定要主动找上司沟通，摆出我们的特长和优势，一旦遇到自己擅长的项目时，务必主动请缨，如果总是担心自己毛遂自荐太过锋芒毕露，那我们可能永远也不会引起上司的注意。

需要注意的一点是，当我们秀出自己的时候，也要讲究方式和方法。时机把握恰当，态度诚恳恭敬，让上司感受到我们的真诚，继而发现我们在哪些领域有丰富的经验和过硬的技能，在哪些方面取得过出色的业绩，这样，上司才会放心地交给我们更为重要的工作任务。

另外，提高各方面技能也是我们避免坐冷板凳的对策之一。在不被重用的时候，很多人或许会顾影自怜，怨天尤人，其实这正是我们收集各种信息的最佳时机。因为我们有大把的时间可以去学习新的知识和技能，包括专业上的技能、社交技能等等，只有这样我们才能始终保持竞争力，在关键时刻一鸣惊人，最终脱颖而出，成为职场最为靓丽的一道风景线。

一位哲人曾说："人的胸怀是被委屈撑大的。"不管怎么样，被罚坐冷板凳的原因总是多种多样的，我们要做的不是在冷板凳上唉声叹气，而是积极主动地找出症结所在，调整好自己的心态，把冷板凳好好地坐下去，直到把冷板凳坐热，最后走出恼人的冰冻期，一飞冲天成为职场红人。

不要空想，积极行动

在电视剧《铁齿铜牙纪晓岚》中，我们经常看见大学士纪晓岚和奸臣和珅两个人斗嘴拼智的有趣场面。很多不熟悉历史的人或许都觉得，奸臣和珅之所以能成为皇帝身边的大红人，深受皇帝的喜爱，一定是因为他擅长在皇帝跟前拍马屁，说些天花乱坠的奉承话。

其实不然，和珅的幸运受宠，很大程度上是因为他总能绞尽脑汁，想尽一切办法为皇帝排忧解难，解决皇帝在生活上面临的许多困境。

给大家讲一个小故事吧。有一天，乾隆皇帝感觉有点疲惫，正打算午睡一会儿，可让他郁闷的是，外面树上的知了一直在叫个不停，吵得他无法入睡。此时，和珅并没有傻乎乎地在皇帝面前跟着他一起抱怨外面树上知了的聒噪，而是努力地想办法，怎样才能把知了赶走，让皇帝能睡个安静的午觉，最终讨得皇帝的欢心。

和珅先是尝试着拿长竹竿去扑打树上的知了，但始终没有多大的成效。后来，他灵机一动，突然想起小孩子玩的"粘知了"游戏，于是就亲自拿起杆子去粘知了，还动员身边的小太监也帮着他一起粘。

就这样，没过多长时间，外面树上的知了全部被和珅他们粘光了，皇帝也因此更加宠幸和珅，觉得他做的事情非常合自己的心意。

尽管和珅是历史上的大贪官，不能作为榜样。但在电视剧中，王刚饰演的和珅有时却十分可爱，他很乐观、很开朗，有着超强的执行力，这确实是他获得皇帝宠爱渐多的良方。因此，对于那些深陷困境，只懂得停留在过往的阴影中，满嘴抱怨之词的人来说，不妨学习一下和珅面对烦心事，积极行动，努力寻求问题解决之道的正面态度和务实精神。

其实，阴影和阳光几乎都是我们自主选择的结果。为什么这么说呢？

容易陷入阴影的人都有着这样的共性：当他们发现事情的发展不如自己的预期时，往往犹如五雷轰顶，顿时失去了维持自己生命力的有力支柱，最后在悲伤的哭泣中被负面情绪绑架，再也没有多余的力气和心情去解决当下所面临的问题。

而选择阳光的人，却始终相信自己的行动，正如英国浪漫主义诗人拜伦的那一句话："行动敏捷的人，没有时间流眼泪。"当然，这句话并不是告诉我们，当遇到困难时，要把眼泪戒掉，它想要表达的意思是，与其让所剩不多的时光被眼泪淹没，还不如打起精神，想一想下一步该如何去做。

毕竟，当我们哭过之后，问题始终还停滞在原地。唯有积极行动，我们才能让自己从麻烦中走出来，奔向一个天朗气清，惠风和畅的舒心未来。

富兰克林·罗斯福从小就是一个外表丑陋、并患有严重的气喘症的男孩，他说话总是含混不清，几乎没有人能听懂他在说些什么。然而，就是这样的一个饱受命运折磨的男孩，后来竟然成为美国的第三十二任总统。

不少人曾好奇地问过："您成功的秘诀是什么？"罗斯福总是微笑着说道："不抱怨，多努力。"简简单单的六个字，却有着一股穿透人心的力量。

天生的缺陷并没有让罗斯福变得自怨自艾，消极悲观，反而成就了他自强不息的奋斗精神。经过长期的锻炼和学习，他不仅克服了气喘的毛病，而且还成功地拥有了一副健壮的好体魄。更让人觉得不可思议的是，以前口齿不清的他，最终通过自己的刻苦锻炼，练就了一副好口才。不仅如此，他还积极参加各种社会活动，社交能力在短时间内突飞猛进。

上大学之后，他还常常利用假期，独自到洛杉矶去捕熊，到亚历山大去逐牛，到非洲去捉狮子。这些不同寻常的经历都让他变得日渐强壮和勇敢，同时也为以后成功竞选总统奠定了坚实的基础。

然而，厄运之神并没有因此放过罗斯福，中年的他又患上了小儿麻痹症。尽管被迫坐在了轮椅上，可他依然充满自信和坚强，他一点也不相信这种娃娃病能够击倒一个像他这样的堂堂男子汉。

于是，在厄运面前，永不屈服的他，最后终于凭借自己的积极努力，成功地站了起来。

罗斯福总统身上的这种韧劲真是让人深深为之动容，因为我们大多数人都没有像他那样遭遇过如此多的不幸，在困境中，我们也不具备他那种积极行动、改变命运的艰苦奋斗精神。

面对如此险恶的环境，罗斯福都能勇敢地挺过去，我们为什么要轻而易举地被一点点倒霉击垮呢？不如擦干眼泪，从摔倒的地方重新爬起来，跨过伤心失落的悲观情绪，面向阳光，积极行动，奋力斩除困扰我们前行脚步的荆棘丛，坚定地朝自己的目标走去。

不要把每天都过成一个样子

一生很漫长，一生也十分短暂，关于人生，有太多的名人名言，人们知道人生的珍贵，却不知道具体该如何珍惜。

中国人历来有安土重迁、墨守成规的天性。这种天性在职场上的反映就是：很多人愿意一辈子生活在国企和事业单位当中，捧着铁饭碗，也不愿意随着自己的心而飘荡。年轻人刚进社会便想求稳，结果是很多人在一个稳定的岗位上"平庸"了一辈子。

哲人说："机会往往是留给那些敢于冒险的人。"试想，一个不敢打破自己现状的人怎会去冒险，又怎么能获得自己想要的机会呢？不改变现状，所以很多人在职场上十年如一日，工作上碌碌无为，生活上平平淡淡，毫无激情。而只有那些敢于改变现状的人，才能够发掘出别人找寻不到的机会。

广西大新县洪福摩托车贸易有限责任公司董事长马海鹏有过这样一段经历。

1992 年 7 月，马海鹏高中毕业返乡，带着美好的憧憬加入前往广东打工的大军中，在广东深圳、东莞等地先后做过工厂管理员、业务员，苦干两年多后，打工所得仅够糊口。艰苦、清贫的打工生涯让马海鹏很不甘心：不能这样枉过此生，要趁年轻去做自己的事情。怀着这样的想法，1995 年，他毅然返回大新，在一家小摩托车维修店学习摩托车维修技术。由于勤学好问，头脑灵活，肯钻研，马海鹏很快成为维修店里的第一维修工。

虽然小店给付的工资也仅能维持他的日常开支，但马海鹏却从中发现了摩托车行业的巨大商机。随着大新县城居民收入的增加和生活水平的提高，摩托车渐渐成为大多数人代步首选的交通工具，市场需求必然会不断增长，摩托车维修和销售的发展前景广阔。他开始伺机开创自己的事业。恰好此时他所在的小店因经营不善，难以维持，1995年，马海鹏以1万多元的价格从店主手中盘下该小店独自经营，迈出创业的第一步。

做事就要做到最好，这是马海鹏的处事原则。独自经营以后，马海鹏便树立了"以管理出效益，以创新谋发展"的经营理念，逐步扩展维修业务，同时发展摩托车配件批发业务。他招聘了一批刚从学校毕业的年轻人，进行业务培训后派往大新县及周边各乡镇的摩托车维修店，专门进行配件批发业务的拓展。

由于服务快捷、产品好、讲信誉，马海鹏的小店名气越来越响，业务也越做越大。到2003年，马海鹏的洪福摩托车维修配件店已成为大新县城及周边乡镇摩托车维修店的最大配件供应商，加盟的摩托车维修店达100余家，维修业务遍布县内外各乡镇。"洪福摩配"创出了品牌，成了大新县内不折不扣的"摩配老大"。

马海鹏认为，在激烈的市场竞争环境下，小企业要生存发展，必须适时创新，才能立于不败之地。2003年9月，在认真研究了摩托车市场走势之后，马海鹏毅然筹资100多万元开展摩托车整车销售，并注册成立了大新洪福摩托车贸易有限责任公司。

为扩大公司的销售业绩和知名度，马海鹏决定从"售后服务"这一环节入手，公司制定了严格的服务守则，采用科学的管理方式，确保服务质量。实惠的价格，优质的售后服务，赢得了顾客的信赖。经过 8 年的艰苦奋斗和努力拼搏，大新县洪福摩托车贸易有限责任公司成长为集摩托车销售、配件批发与零售、维修服务为一体的企业，营业面积达 2000 多平方米，销售维修网络全面覆盖大新县城及乡镇。

马海鹏在一次次自我突破中，书写了从"打工仔"到董事长的传奇人生。

当然，创业是一件充满风险的事，并不适合每一个人。但是我们应该从马海鹏这个创业者身上学到的不是该如何去创业，而是该如何去改变按部就班的人生。

曾经看到过这样一个笑话，一位记者采访山区的一个放羊小孩："放羊是为了什么啊？"

小孩回答："放羊是为了挣钱。"

记者又问："那挣钱是为了什么？"

小孩答："挣钱是为了以后能娶个媳妇生个娃。"

记者接着还问："生了娃想让他干什么呢？"

结果这个小孩说出了令人捧腹又心酸的回答："放羊。"

人生如果总是在这种"设计"当中按部就班地去走，那么生活怎么会有改变？如果只是这样发展，那么我们的人生和这个世界上绝大多数人又有什么两样？

也许有人会说，并非我们不敢改变，而是现实给了我们太多压力，在这种情况下，我们根本无暇打破现状。

这种想法其实是一种因果倒置，正是由于我们不敢打破现状，才会让现状变得越来越坚固，越来越难以打破，而不是现实导致了一切。

中国著名网球运动员李娜，在事业遇到瓶颈时，敢于突破自己，跳出体制选择单飞，她自己组建团队、自己去参加比赛，并且自负盈亏。现在李娜已经是亚洲网球一姐。

物种进化论的奠基人达尔文说过："能生存下来的物种未必是最聪明或最强大的，却是最善于适应变化的。"没错，只有适应不断变化的社会环境，我们才能活得更好，进步得更快。如果只知道偏安一隅，故步自封、按部就班地生活，那么，下一个被社会淘汰的人将会是我们！所以，请改变自己墨守成规的思想观念吧，工作和生活并没有其固定不变的死板模式，一潭湖水只有在涟漪不断的时候才是最美的。

抱最大的希望，做最大的努力

我们知道，这个世界上有太多的事情是我们无法左右的，生、老、病、死，这是每个人都必须经历的。当然，这四点是自然规律，人类本身无力与之抗衡。

在生活中，我们也会遭遇各种各样的难题：工作遭遇困难、经济拮据、婚姻亮起红灯……这是现代都市人普遍遭遇的问题。

这些困难都是可以解决的，但并不是所有的人都能解决，因为这要取决于个人采用的方法。

有的人在遭遇困难时会本能地选择逃避，因为他们觉得自己无法解决，于是就将逃避作为首选。但我们都知道，面对困难时，逃避是一种最糟糕的选择。因为它不但无益于解决难题，反而会让一个人变得消沉，在以后面对困难时也会不堪一击。

那么正确的方法是什么？当然是面对。只有面对困难，才能够解决困难，这是一个最基本的逻辑问题。而在面对的时候需要有什么样的心态也十分重要。因为有一个良好的心态，困难就已经解决了一半。

一般来说，人在面对问题时，会最先思考以下三个问题：

第一，这个事情我能解决吗？

第二，我需要做多大的努力？

第三，最坏的情况是什么呢？

这三个问题是每个人在面对问题时都要考虑的。因此，我们可以针对这三个问题为自己解决问题制定最合理的步骤：

首先，抱最大的希望。在任何时候，哀莫大于心死。一个人如果过于悲观，认为事情永远无法解决，那么他可能在还没有迈出第一步的时候就已经选择了逃避。这样的话，困难还在那里，永远也得不到解决。

在 NBA 赛场上，有一个非常有意思的现象。在一场比赛进行到最后一节的最后两分钟时，只要双方的比分差距在 10 分以内，落后一方都不会放弃。他们会采取更加勇猛的打法缩小比分，并坚持到最后一刻。有的人可能会觉得，在最后两分钟落后 10 分的情况下很难追回，转败为胜的概率不超过一成。

但这毕竟是有希望的，而这种希望也是有人证明过的。2004年 12 月 9 日，火箭主场大战马刺，在比赛结束前 1 分 02 秒，火箭队落后 10 分。此时，所有人都认为胜负已分，场馆内的观众也开始逐渐退场。

但此时的火箭队并没有放弃，他们仍然将主力球员放在球场上，在最后这一分钟，他们做着别人眼里的"无用功"。

但奇迹就是这样发生的，在这最后时刻，火箭队主力明星球员麦迪开始发挥，他在 35 秒内狂砍 13 分，分别是 35 秒时一个三分，24.3 秒时一个三加一（三分加一个罚球），11.2 秒时一个三分，及最后 1.9 秒时一个三分绝杀，火箭神奇地以 81 比 80 战胜马刺。

这场比赛也被人称为"麦迪时刻""奇迹时刻"。试想，如果当时火箭队的教练丧失了希望，换上替补球员，或者麦迪也心灰意冷，觉得翻盘无望，那么这场比赛还能够成为一场经典吗？